Début d'une série de documents
en couleur

ALEXANDRE WEILL

LE DÉCRET

DE

L'AMOUR

Ce sont les lois qui font les mœurs
et non les mœurs qui font les lois.

PARIS

E. DENTU, LIBRAIRE-ÉDITEUR

PALAIS-ROYAL, 17-19, GALERIE D'ORLÉANS

1871

Fin d'une série de documents
en couleur

LE DÉCRET

DE

L'AMOUR

Paris. — Typ. Alcan-Lévy, rue de Lafayette, 61.

ALEXANDRE WEILL

LE DÉCRET

DE

L'AMOUR

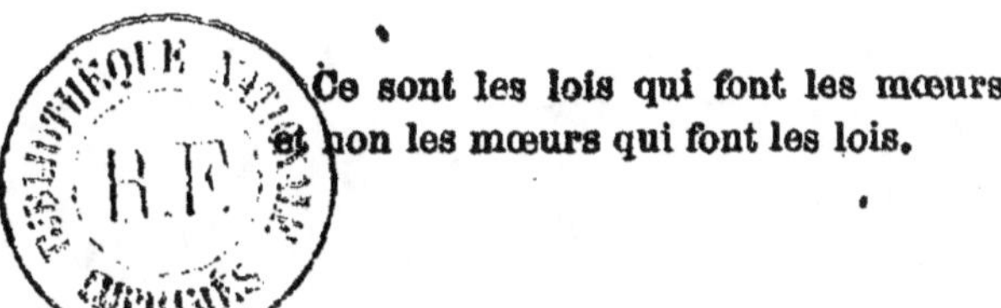

Ce sont les lois qui font les mœurs
et non les mœurs qui font les lois.

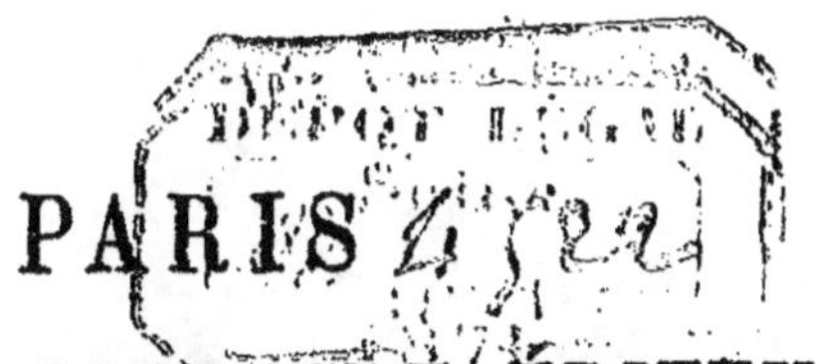

PARIS

E. DENTU, LIBRAIRE-ÉDITEUR

PALAIS-ROYAL, 17-19, GALERIE D'ORLÉANS

1871

PRÉFACE

———

Le Décret de l'amour est le second de mes *dix Décrets de la République nouvelle*, dont le premier, *le Décret des Devoirs de l'homme*, et le troisième, *le Décret de la Presse*, sont également sous presse. Si je publie le second avant les autres, c'est que je le crois plus pressé. Non que j'attende la moindre attention de mes contemporains admirateurs de la Schneider. Sedan, Metz et Paris, dont l'histoire n'a pas d'exemple, ont passé sur eux comme des ouragans sur des épis vides. Il faut qu'ils soient fauchés, et ils le seront. Ce que la faulx a épargné, la faucille le dévorera.

Paris reprend sa vie de funèbres orgies. Les courses de cocottes sont revenues. Des catins dont le front devrait être marqué d'un fer rouge rentrent triomphalement sur leur trône théâtral. Les putains élégantes, que nos euphonistes appellent les Laïs et les Phryné du quartier Breda, et qui en réalité ont envahi tous les quartiers pour le seul profit de nos voraces propriétaires, rouvrent leurs écrins et leurs boudoirs, pour recevoir de nouveau nos gentilshommes, nos journalistes et nos financiers. Encore quelques jours, et Paris va redevenir ce que l'Empire en a fait : le Bordel de l'Europe.

Nos pères, pour de vilaines choses, avaient de vilains mots. Il faut y revenir. En gazant le mot, on a paré le vice, et le vice ne se pare qu'avec les dépouilles de la vertu.

Mon Décret n'aura donc pas la moindre influence sur mes contemporains. Les uns me nargueront, les autres diront que mes raisins sont trop verts ou trop vieux, d'autres encore m'injurieront comme des ivrognes auxquels on fait une semonce. Les plus fortes têtes de la presse et de l'assemblée ou ne me liront pas, ou dédaigneront de parler de mes Décrets.

Mais peu m'importe le succès ou le non succès de mes livres. Je n'écris que par devoir.

Ce n'est pas pour les Français seuls que je pense et que j'écris. Mes décrets visent plus haut et plus loin.

L'humanité entière vit sur la pensée et la raison de trois hommes, de trois Juifs : Moïse, Jésus et Spinoza! Toute la société civilisée, depuis la connaissance de l'histoire, repose sur le verbe de Moïse et de Jésus ; toute la philosophie moderne, depuis deux siècles, ronge les os que Spinoza lui a jetés.

Le mot juif, *Jude*, vient de *Jehudah*, ce qui veut dire *glorificateur de Dieu* ; Israël veut dire *lutteur de Dieu*.

Seuls, les Juifs ont pensé pour glorifier Dieu. *Leur philosophie seule devient une religion.* Jamais l'humanité ne prendra moins ou plus du Dieu conforme à la Raison, sans tomber dans l'athéisme ou dans l'idolâtrie.

« Le salut vient des Juifs, » a dit l'Evangile. Il viendra toujours d'eux.

Loin de moi la prétention d'être l'égal de mes trois maîtres et prédécesseurs, mais je poursuivrai leur œuvre dans les moyens de mes forces et ne penserai que pour Dieu et mes semblables.

Ma *Parole de la Religion Nouvelle*, dont la quatrième édition va paraître, servira, j'en suis certain, de base religieuse aux législateurs futurs de l'humanité.

La société chrétienne craque de tous les côtés. Elle se dissout. La société judaïque est rongée de rouille et de scories.

Spinoza a détruit des erreurs séculaires, mais il n'a rien bâti. Or, on ne détruit qu'à condition de remplacer. *Ma Parole nouvelle* est un édifice nouveau, *une cathédrale toute neuve*, comme l'a dit feu mon pauvre ami Duchêne, dans l'ancien *Figaro*.

Ou elle vivra dans les siècles futurs, ou je n'aurai jamais vécu. Car, qu'est-ce qu'un homme dont la vie n'est pas éternelle par la pensée ou la vertu? Une crapule !

De même, *Mes Décrets*. Ils paraîtront excessifs, mais ils seront indispensables avant cinquante ans, pour peu que la société européenne actuelle désire ne pas périr misérablement dans l'idolâtrie ou dans l'athéisme, en d'autres termes dans le *crétinisme* et dans la *gredinerie*.

Seulement, comme législateur sans juges, j'ai été forcé de toucher aux limites extrêmes de la justice. *Pour redresser un bâton courbé, il faut le recourber dans le sens contraire.* Il appartient aux légistes futurs, après avoir profité de mes vérités, de rester dans le juste milieu. Il n'y a pas de bonne loi sans bons juges.

Comme Moïse, je parle à un peuple affranchi par des catastrophes paraissant miraculeuses, quoique très naturelles et logiques, et refaisant le veau d'or, en regrettant les oignons et les pots de viande des Pharaons. Comme lui, j'espère avoir mon Josué, mais je crains bien que cela ne soit possible qu'après l'engloutissement des deux générations de Korahs décorés.

ALEXANDRE WEILL.

Ce sont les lois qui font les mœurs, et non les

mœurs qui font la loi.

Qui donc a dit le premier : « Les mœurs sont plus fortes que les lois? » C'est une erreur capitale, libidineuse, panachée de boue et de sang, digne d'une populace de Sodome. Où, dans le monde entier, furent les mœurs avant les lois? Est-ce à Sparte, avant Lycurgue? à Athènes, avant Solon? à Rome, avant Numa? Est-ce chez les Juifs, avant Moïse? Pauvre Moïse! Comment! tu fais des lois contre les mariages consanguins!... Où est le mal que les mœurs accordent au frère d'épouser sa sœur, au neveu sa tante?... Et si les mœurs tolèrent jusqu'à l'inceste, de quel droit la loi intervient-elle? Ce serait, dit-on, l'anéantissement de la famille, la corruption de la race humaine, la fin de toute société, un nouveau déluge. — *Bah!* à entendre les gazetiers français depuis soixante ans, *les mœurs sont plus fortes que les lois.*

Moïse a encore dit à son peuple : « Il n'y aura pas de prostituée parmi les filles d'Israël. » Il a mis la peine de mort sur tous les amours anti-sexuels détruisant la famille et la population. Il a institué le divorce. Mais c'était un barbare, un visionnaire, un réactionnaire.

Les Amalécites, les Philistins, pratiquant tous ces vices, étaient d'avis, eux, que *les mœurs étaient plus fortes que les lois*. Un jour, une poignée d'Israélites, punissant de mort ces vices, exterminèrent en quelques années ces peuples, *sept fois plus nombreux et ayant la taille de géants*. Et quand les vainqueurs, à leur tour, s'adonnèrent aux mêmes vices, ils furent battus et conduits honteusement dans l'esclavage.

Ah ! *les mœurs sont plus fortes que les lois !* Essayez donc d'abolir la loi sur le détournement de mineure, et avant cinq ans pas une jeune fille ne serait plus en sûreté dans la maison même de ses parents ! Abolissez donc la loi sur l'attentat à la pudeur, sur le viol, et vous verrez la force de vos mœurs, comme elle primera la loi ! Abolissez seulement le règlement sur les prostituées, et pas une honnête femme ne pourrait plus se promener sur le boulevard. J'oublie qu'il est aboli, puisque la cocotte, qui n'est qu'une vile prostituée, est tolérée, et que toutes les jolies Françaises ressemblent plus ou moins, plutôt plus que moins, à une cocotte élégante en scène.

Nulle paix, nul ordre, nulle liberté, nul avenir n'est possible sans la vertu de la femme et *la loi qui la maintient par toutes les voies.* Aussi longtemps que les Athéniens sont vertueux, ils sont vainqueurs et libres. Vingt mille Athéniens ont battu un million de Perses. Dès que les lois sont méprisées, avec Aspasie, avec Alcibiade, Athènes devient la proie de la servitude.

Ce ne sont pas les discours et les orateurs qui sauvent un peuple, les orateurs s'appelassent-ils Démosthène et Cicéron, mais les grands législateurs, sachant faire des lois basées sur la loi divine de la nature et sachant les faire respecter par leur exemple, par leur propre vertu. Quand les lois sont respectées à Rome, la pudeur de Lucrèce et de Virginie renverse la tyrannie. Dès que les lois cèdent aux mœurs, dès que les Sempronia et les Catilina sont tolérés, il ne reste plus à la fille vertueuse de Caton qu'à s'ensevelir dans le linceul de la liberté. Quand la vertu de la femme tombe, tout la suit de près. Rien ne reste debout !

Voici ce que dit Montesquieu de la vertu :

« Lorsque cette vertu cesse, les désirs changent d'objets.
« Ce qu'on aimait, on ne l'aime plus. *On était libre avec les*
« *lois*, on veut être libre contre elles et l'on tombe dans l'escla-
« vage. Chaque citoyen est comme un esclave échappé de la
« maison de son maître. Ce qui était *maxime*, on l'appelle
« *rigueur*. Ce qui était *règle*, on l'appelle *gêne*. Ce qui était
« *attention*, on l'appelle *crainte*. La *frugalité*, devient l'*ava-*
« *rice*. La République est une dépouille, et sa force n'est plus
« que le pouvoir de quelques-uns et la licence de tous. »

(Extrait de *Mes Contemporains*.)

LE DÉCRET
DE L'AMOUR

I

Partout et de tout temps les hommes, méconnaissant la loi de Dieu et de la nature, ont radoté sur la femme et les lois immuables qui la régissent.

Dans l'histoire de la raison, tout se tient. Dès que la base est fausse, tout l'échafaudage menace ruine. Quand la religion de l'homme n'est pas conforme à la raison et à la loi de la nature, tout l'édifice social se vicie, craque de tous côtés. Quand les hommes ignorent ou méconnaissent la loi de Dieu, ils perdent toute vérité sur l'amour et la femme et arrivent directement au vice, à l'infamie et à l'esclavage.

Deux lois gouvernent et ont toujours gouverné l'humanité :

La loi de la nature, créée par Dieu, et la loi sociale faite par les hommes.

La première fut toujours ce qu'elle est, ce qu'elle sera.

La seconde a toujours varié selon le plus ou moins de lumière des hommes qui l'ont imposée. La lumière de l'homme consiste exclusivement à modeler la loi sociale sur la loi naturelle. Plus ces deux lois se rapprochent, plus les hommes sont heureux. Plus elles s'écartent, plus l'humanité est malheureuse.

Il n'y a pas de progrès autre que celui de pénétrer l'essence de la loi naturelle et d'y conformer ia loi sociale. Quand les lois humaines seront d'accord avec les lois naturelles, tous les êtres seront heureux, autant que les êtres destinés à mourir pourront l'être.

Cette vérité est universelle. Toute vérité qui ne l'est pas n'en est pas une.

Cette loi de la nature la voici en peu de lignes. Je défie tous les mortels passés et futurs de la nier ou d'en démontrer la fausseté par des faits naturels.

Tous les êtres de la nature sont égaux par leur extraction et leur qualité vitale. Tous, quels qu'ils soient, d'où qu'ils viennent, ont la même nature et sortent de la même force créatrice. *Il n'y a pas de corps simple dans la création, égal à soi dans toutes ses parties.* Tous les corps sont composés. Il n'y a pas d'être créé qui ne change pas !

La différence des êtres n'existe pas dans la *qualité* de leur essence, mais dans la *quantité* plus ou moins forte de cette essence vitale qui donne à l'être sa forme et son mouvement. En d'autres termes, le grain de sable, l'homme et l'astre ne diffèrent pas par la *qualité* de la matière, mais par la *quantité* d'essence qui y est inhérente, plus ou moins douée de mouvement vital.

De là vient que les êtres *égaux* par la *qualité* de la substance, sont tous *inégaux* par la *quantité* de cette même substance.

Les êtres ne se classent donc pas, pour l'égalité et l'inégalité, par règnes, sexes et séries, (tel castor est supérieur à tel humain) mais par la *quantité* d'essence motrice plus ou moins vive qui les rapproche ou qui les éloigne de la force créatrice et autonome.

D'après la loi naturelle, les êtres possédant une plus grande dose d'essence autonome (car tout être, si petit qu'il soit, en contient une parcelle) ont été créés et travaillent pour des êtres inférieurement dosés. La nature n'a pas créé les faibles pour les forts, mais elle a créé les êtres plus forts pour que les êtres moins forts puissent s'épanouir et vivre selon la loi. Les minéraux et les plantes existent les uns par les autres et pour les autres. Les plantes et les animaux de même. Ainsi des hommes et des planètes. Dans la nature où tout est nécessaire, où tout s'engrène harmonieusement, *les forts ont plutôt besoin des faibles que les faibles des forts.* Si les minéraux manquaient à leurs devoirs, les plantes ne pourraient pas exister. Si les végétaux faisaient défaut, les animaux disparaîtraient. Certes, si le soleil disparaissait ou manquait à son devoir un seul jour, pas un être, ni fort ni faible, ne jouirait de son soi-disant droit de vivre; mais sans la terre, les minéraux, les végétaux, les animaux et les hommes, *le soleil ne pourrait un seul jour produire des rayons de lumière. Dans la nature, les Uns font toujours leur devoir afin que les Autres jouissent de leurs droits.*

Seul, l'homme a la liberté de manquer à son devoir.

Si tous les hommes faisaient toujours leur devoir, non seulement ils seraient tous heureux, mais tous les êtres qui les entourent le seraient. Il n'y aurait plus un seul animal, ni un seul insecte malfaisant. La terre entière serait un Eden. L'homme n'a aucun reproche à faire à son créateur, sinon celui de lui avoir donné la liberté de manquer à son devoir, liberté qui, seule, le distingue des autres créatures. Il n'aurait qu'à suivre la loi de la nature où les forts font leur devoir de travail pour que les faibles jouissent de tous leurs droits *et vice versa.* La terre a dans ses flancs du bonheur pour des milliards d'Êtres de plus. Il n'y aurait plus ni maladie ni animal malfaisant, les éléments mêmes changeraient par la culture de la terre et la pratique de la justice humaine. Les animaux malfaisants disparaîtraient devant la justice comme la vermine disparaît devant la propreté. Les malheurs de la vie sociale viennent donc tous de l'ignorance ou de la violation de la loi de la nature. Ils naissent vivants — car tout mal est composé d'infusoires vivants — des injustices que les forts commettent envers les faibles, hommes, animaux et végétaux, moins bien doués par la quantité d'essence vitale, mais leurs égaux par la qualité de leur nature et sortis tous de la même force créatrice. (L'homme extermine le castor, un animal de bien et de génie, et cultive le loup et le lion.) L'ange lui même, s'il existe sur une planète, est forcément mortel et seulement doué d'une dose vitale plus longue et plus clairvoyante. *Il n'est pas dans le pouvoir de la force éternelle de créer un être éternel et immortel, attendu que nulle force ne produit une autre force égale à soi, attendu que toutes les lois de la nature ne procèdent que d'une seule et unique loi égale, logique et absolue dans tous les êtres! Si cette loi se démentait dans un seul être, elle n'existerait pas.*

Tout ce qui est vrai est forcément absolu et universel. Il suffit qu'un principe ne soit ni absolu ni universel pour pouvoir être déclaré faux et malfaisant.

D'après cette vérité absolue, il ne peut donc y avoir une différence essentielle quelconque, comme être social, entre l'homme et la femme! Tout ce que les docteurs religieux et sociaux ont dit là-dessus sont de pures niaiseries. Puisqu'il n'y a pas de différence essentielle entre l'homme et l'animal, puisqu'il y a des chiens, des chevaux, des abeilles, des castors, des fourmis qui, sur l'échelle sociale occupent des places supérieures à certains crétins sur le trône, à plus forte raison y a-t-il des humains-femmes supérieurs à des humains-hommes, qui peuvent être des idiots. Si ignorante que soit une femme, elle sera préférable à un cuistre de science. *Mieux vaut ignorer la vérité que de professer une erreur, comme il vaut mieux se taire que de dire des mensonges.*

Toute discussion à ce sujet est oiseuse. La femme est un être humain. Comme tel, elle vaut tout autre être humain. Elle ne se classe pas par son sexe, attendu que dans la nature rien ne se classe par le sexe, mais sur la quantité plus ou moins considérable de force autonome et de mouvement vital. Toutes les fonctions remplies par certains hommes peuvent être remplies par certaines femmes. Dans aucune espèce, la femelle n'est limitée par la nature à certains travaux; très souvent elle fait plus. La femelle des oiseaux travaille plus à son nid que le mâle, mais cela ne l'empêche pas de chercher de la nourriture à ses petits, sauf pendant le temps de la couvaison.

La femelle du castor, sauf le temps voué à l'enfantement, va de pair avec le mâle. Les fourmis travaillent les unes comme les autres, et si le coq chante pour sa belle, la poule coquerique à la naissance de chacun de ses œufs. Seules, les abeilles divisent leurs travaux suivant le sexe; mais la femelle, loin d'occuper un rang inférieur, est leur reine, comme cela a lieu chez certaines tribus de sauvages indiens. Les plantes ne se distinguent également pas dans leurs fonctions par le sexe, ni les minéraux non plus, car les minéraux ont un sexe. Il y a les diamants mâles et les diamants femelles. Les connaisseurs les distinguent bien, comme on reconnaît le sexe des poissons aux œufs et à la laite. La femelle n'est même pas plus faible par les forces musculaires. Il est des lionnes qui ne craignent pas les lions, il est des femmes qui, musculairement, sont plus fortes que certains hommes. Les femmes pourraient parfaitement former des armées et faire la guerre, surtout par les chassepots qui courent. On n'aurait qu'à les y habituer comme à Sparte. Bref, dans la loi de la nature, nous n'avons pas à nous occuper de la différence matérielle entre l'homme et la femme. Elle est son égale par l'extraction; par la quantité plus ou moins forte d'essence spirituelle. Donc, où l'homme a des droits absolus, la femme y a droit au même titre; elle doit donc pouvoir régner, commander comme l'homme. Elle doit pouvoir enseigner toutes les sciences comme l'homme. Elle est apte à toutes les fonctions. Elle peut être juge, médecin, avocat. Elle doit pouvoir s'adonner à tous les travaux qui conviennent à son individualité. Elle est citoyenne comme l'homme est citoyen. Tout ce que les femmes demandent en égalité de droits est juste et légitime. Tant que la femme ne rentrera pas dans la loi de la nature, il n'y aura ni justice, ni liberté, ni paix, ni prospérité. Les injustices commises à son égard se traduiront toujours par des vices, des vengeances et finalement par des catastrophes laissant derrière elles des traînées de larmes, de misères et de calamités sociales.

Mais pour que ces droits soient possibles, il faut préalablement que la femme connaisse et pratique ses devoirs. Ces devoirs, elle ne les connait pas, ou elle les méconnait. Ceux qui parlent en son nom les ignorent tout à fait.

Je vais tout de suite au devant de l'objection capitale.

Certes, les hommes à leur tour manquent également à leurs devoirs. Ils les ignorent, les méconnaissent ou les violent sciemment. Certes, les hommes n'observent pas plus la loi de la nature qui veut que le fort accomplisse son devoir envers le faible, afin que le faible puisse lui garantir ses droits.

Mais, en vertu de cette même loi de la nature, le manque ou l'oubli du devoir de la femme est mille fois plus dangereux que celui de l'homme. La société peut et pourra exister, tant bien que mal, même quand l'homme violera ses devoirs de père et d'époux, tandis qu'elle ne saurait durer un demi-siècle s'il est permis a la femme de manquer a ses devoirs de mère et d'épouse.

Est-ce une supériorité ? La femme serait-elle la reine de la ruche humaine ? Les droits et le bonheur de tout un essaim humain dépendent-ils du devoir accompli de la reine ? Les hommes réunis en familles, formant des cités, des Etats, des nations, peuvent-ils exercer leurs droits, *avant de forcer la femme d'accomplir ses devoirs? Voilà la vraie question à examiner.*

Pour pouvoir l'examiner avec impartialité et justice, il faut absolument connaître et expliquer les lois sexuelles de l'homme et de la femme et établir sur la base de la nature même leurs rapports d'amour sur lesquels reposent les fondements de tout édifice social et qui seuls énoncent et annoncent les devoirs et les droits mutuels des uns et des autres. Essayons !

Pour essayer, il ne faut pas nous laisser troubler ni par les criailleries pudibondes des hommes corrompus, ni par les arrière-pensées libidineuses des femmes vicieuses. Dans la nature tout est pur.

Essayons donc d'expliquer la loi naturelle de la femme et de l'homme, *tels qu'ils sont sortis de la main du Créateur.*

II

La nature, par des lois particulières imprimées en gros caractères, a indiqué à tous ses êtres l'usage auquel elle les destine dans la vie individuelle et sociale.

On n'a qu'à comparer les qualités innées de chaque être et les signes différents qu'on y trouve pour deviner le but et la mission de chaque individu : minéral, végétal, animal ou homme.

Nous avons constaté que la femme, en tant qu'individu, ressemble à tous les autres êtres humains. *Voyons en quoi elle se distingue, en tant que femme, non de l'homme, mais de toutes les autres femelles mammifères.*

Un seul signe distinctif la met au-dessus de toutes les femelles de la création :

ELLE SEULE A DES MENSTRUES.

Par cette distinction, par la circulation *particulière* de son sang, son corps se distingue des corps de toutes les autres femelles de la création.

Quels sont les résultats naturels de cette différence essentielle, et quel en est le but distinctif ?

C'est ce que nous allons voir.

La femelle des bêtes n'est accessible au mâle que dans certaines époques.

La femme n'est pas soumise à cette restriction.

Privilége immense, mais qui, comme tout privilége, présuppose des devoirs particuliers.

Qu'a voulu le Créateur en octroyant à la femme cette supériorité, cette noblesse du corps ?

Voltaire, qui a trouvé toutes les grandes vérités en causant, a indiqué, dans un article de cinquante lignes, le but de cette distinction.

« Dieu, dit-il (car ce mécréant croyait en Dieu), Dieu a doué la femme de la faculté d'aimer toujours et en tout temps, pour la mettre à toute heure à la disposition de son époux, *afin de pouvoir établir la monogamie*, qui seule garantit la propagation de l'espèce, proportionnée aux besoins et au bonheur de l'humanité; qui seule sauvegarde l'éducation de l'enfant; qui seule contribue à fonder une société où peut régner la justice, la paix et la prospérité. »

Ce ne sont pas précisément ses propres paroles, mais c'en est, j'en suis certain, le sens exact.

Nous verrons que c'est la plus stricte vérité.

Répétons-la.

Par cette distinction unique, la femme, pouvant aimer à toute heure, indique *non-seulement la probabilité, mais la nécessité absolue de la monogamie, sans laquelle il n'y aura ni père, ni mère, ni mari, ni femme, ni enfant, ni famille, ni cité, ni patrie, attendu que, sans elle, il n'y aura ni justice, ni honneur, ni vertu, ni liberté, ni ordre, ni société !*

La plupart des animaux n'ont pas besoin de la monogamie. La femelle, qui a son rut périodique, n'a pas besoin de la fidélité du mâle pour nourrir et élever ses petits. Les animaux dont la femelle exige le concours du mâle pour élever les petits, tels que les castors et certains oiseaux, sont strictement monogames pendant toute la saison, *jusqu'au moment où les petits n'ont plus besoin ni du père ni de la mère.*

Par cette restriction, que la nature impose à presque tous les animaux, il n'y a jamais assez de femelles pour les mâles. Et comme la privation de l'amour expose le mâle à des maladies furieuses et le rend parfois inapte à un travail régulier, les hommes les tuent ou les châtrent, et ne conservent que quelques individus reproducteurs qui meurent au bout de quelques années d'épuisement. C'est un crime social. Moïse l'a formellement défendu. La vérité est que, si l'homme cultivait partout la terre, et tous les animaux malfaisants ayant disparu, il n'aurait jamais besoin de châtrer un animal. Il n'y aurait jamais ni trop de chevaux entiers, ni trop de taureaux et de boucs ! D'ordinaire, la nature, outre les épizooties, enlève toujours un tiers de chaque espèce pour conserver le reste. Ce reste est indispensable au règne végétal et minéral, et, par conséquent, à l'homme, pour son travail et sa nourriture.

La monogamie périodique existe chez tous les animaux qui se distinguent par une grande intelligence.

Le castor, la bête la plus intelligente, est monogame. La femelle n'élève pas seule ses petits. Il lui faut le concours du mâle pour leur enseigner à faire des digues et à construire une maison.

Les oiseaux voyageurs, êtres très intelligents, sont monogames, du moins pour la saison d'amour, de couvaison et d'éducation des petits. J'ai connu des cigognes monogames, pendant plusieurs années qu'elles venaient (toujours les mêmes) se nicher sur une cheminée de mon village. Sans la fidélité du mâle, la mère ne garderait pas le nid pour couver et élever ses petits.

D'ailleurs, la monogamie est nécessaire pour conserver dans la race un certain degré d'intelligence.

La pureté du mariage est absolument nécessaire pour pro-

créer des hommes forts de corps et sains de raison. Toute nation débauchée est une nation de médiocrités et de crétins.

Toutes les époques d'incrédulité, de matérialisme et de fanatisme sont des époques de débauche, de concubinage, de polygamie et de polyandrie.

La polygamie, partout où elle a existé, non-seulement a produit des enfants hors de toute proportion pour la famille et le sol (l'histoire cite un patriarche ayant engendré jusqu'à sept cents enfants), mais outre les droits qu'elle dénie aux femmes, même après l'accomplissement de leurs devoirs, droits consacrés seulement par la monogamie, elle est la source de tous les vices, de tous les crimes, de toutes les iniquités qui ont déshonoré l'histoire des humains.

Par la polygamie, le fort, le riche seul accapare toutes les femmes saines, jeunes et belles, les abrutit, en les privant de tous leurs droits jaillis des devoirs, et ne laisse à la populace que des femmes laides, vieilles et infirmes; iniquité qui, à son tour, produit d'autres crimes de lèse-nature, vices destructeurs de l'espèce humaine.

On a quelquefois cherché à constater ce qui en soi est un vice dans les relations des corps humains. On a dit que ce qui est vertu en deçà de certaines montagnes, devient vice au delà d'elles. C'est une grande erreur, et cette erreur est la conséquence de l'ignorance de la loi naturelle. La nature n'a pas d'autre but que la propagation, la santé et le bonheur de chaque espèce. *Tout ce qui dans les rapports de corps à corps est contraire à la propagation est un vice que la société, conservatrice d'elle-même, a le droit de punir, fût-ce de la peine de mort, non pour donner un exemple, mais pour retrancher du corps social les parties gangrénées.* Tout, dans ces rapports, qui froisse les droits individuels d'un de ces corps est un crime de lèse-société. Donc, tout acte d'amour en dehors de la loi de propagation naturelle est un vice qui peut dégénérer en crime. Le vice doit être frappé individuellement, et s'il menace de gangréner le corps social, il doit être extirpé par le feu.

Les enfants que les riches engendrent dans la polygamie sont très souvent idiots et crétins, à cause des excès des mâles, et en très peu de temps les géniteurs privilégiés qui, pour maintenir leurs priviléges, font châtrer leurs rivaux, dépérissent jeunes encore et deviennent inaptes à exercer aucun pouvoir spirituel, *attendu que la faculté d'engendrer vient de la puissance cérébrale*. L'abus de l'amour, réagissant sur le cerveau, en ramollit les fibres, qui sont les organes matériels de la raison et de la pensée (car toute puissance spirituelle dans l'homme a son organe matériel). Il en résulte une débilitation cérébrale dans les hautes classes de la société, et une population crétinisée dans les classes populaires.

Pour maintenir la femme dans l'esclavage (car pour forcer une femme à partager un homme avec une rivale, elle qui est illimitée en amour, il a fallu et il faudra toujours la force et la violence), la société polygamique a commencé par châtrer la moitié des mâles, en les vouant, les uns, le grand nombre, à la mort, et les autres survivants, par la castration, à un affaiblissement intellectuel et moral. *Avec la polygamie l'eunuquage est de rigueur*. Il n'est pas de prison familiale ni sociale qui puisse empêcher une femme de se livrer à l'amour, si le gardien, si le geôlier lui-même est capable d'aimer, fût-il le diable en personne, eût-il la tête d'un serpent !

Or la castration, pour avoir mille eunuques sacrifie vingt mille garçons qui meurent dans l'âge le plus tendre. Jadis, on n'émasculait les mâles que comme les animaux. De nos jours, surtout en Egypte, on mutile toutes les parties. Ce qui fait qu'au lieu de perdre deux tiers des garçons, ces misérables en perdent sept huitièmes, ce qui fait que dans ces infâmes pays, dont nous vantons les progrès, les ânes, les chevaux et les taureaux sont moins malheureux que les hommes !

Je n'ai jamais compris qu'un eunuque pût se trouver seul

avec un de ses frères, sans essayer de le massacrer! Mais il paraît que la castration ôte à l'homme toute force virile et qu'il n'y a rien de plus rare qu'un Narsès!

Hélas! ces hommes ne s'en vengent pas moins d'une manière ou d'une autre des crimes sur ceux qui les tolèrent aussi bien que sur ceux qui les commettent.

La polygamie, au commencement de son établissement, peut produire un grand nombre d'enfants; mais au bout de quelque temps nul pays ne peut plus les nourrir. Les frères et sœurs des riches, ne connaissant aucun lien de famille, commencent d'abord par s'entr'égorger, puis ceux qui restent se jettent par hordes et par bandes sur les pays environnants, ravageant, dévastant tout, véritables troupes de sauterelles, ne laissant derrière elles que des déserts.

L'humanité est entièrement solidaire. Tous les êtres sortant de la même loi, subissent la même loi. Des iniquités tolérées dans des pays étrangers viennent subitement vous saisir à la gorge et vous enlever à Paris et à Londres.

Un pays polygamique, au bout de quelque temps, ne produit plus que des hommes de guerre et des esclaves. La raison en est bannie. La terre reste inculte. Jamais pays polygamique n'a été cultivé. Les hommes se massacrent mutuellement ou s'entrechâtrent pour avoir seuls les jeunes femmes, qu'ils maintiennent en esclavage. Il n'y a jamais eu, il ne saurait y avoir une ombre de justice dans un pays polygamique. Il ne peut y régner que le droit du plus fort. Si intelligible que soit la conception religieuse, il est impossible qu'elle soit conforme à la raison, car la raison ne peut concevoir Dieu qu'avec la justice rendue aux hommes. C'est des pays polygamiques que nous sont venus tous les fléaux, toutes les pestes, toutes les maladies terribles qui, pendant des siècles, ont ravagé l'Europe. C'est des pays polygamiques que nous viennent les rois despotiques et les prêtres fanatiques. Jamais il n'y a eu un homme heureux, là où la femme n'est pas libre! Jamais tyran n'a dormi tranquille une nuit sur le sein de son esclave. S'il ne craint pas sa conscience qui pelote, il tremble devant une souris qui trotte. A moins qu'on n'admette que le tigre soit heureux de boire le sang du loup! Si c'est là le bonheur de l'homme, qu'il soit maudit, lui et celui qui l'a créé!

III

La polygamie est un fléau, une peste morale, mais la polyandrie est le néant, la mort, une apoplexie sociale.

D'abord, la polyandrie n'est possible qu'en stérilisant la femme, qu'en mettant le bonheur de l'amour en dehors de la conception de l'enfant.

Le premier résultat de la polyandrie est la destruction de l'enfant, la mort, l'assassinat de la génération future.

Les rares enfants qui naissent d'une union polyandrique n'ont ni la force physique ni la force intellectuelle des enfants issus d'un mariage monogame, attendu que les forces de la mère, que la nature exige pour l'enfant, se gaspillent par la débauche.

La bête, par cela seul qu'elle a conçu, refuse le mâle. La nature a voulu cette restriction pour la santé de la progéniture. Mais la femme ayant le pouvoir de s'approcher d'un homme, même après la conception de l'enfant, précisément pour empêcher le père de chercher une autre mère, *il faut absolument qu'elle reste fidèle à ce père, si elle ne veut pas tuer son fruit avant la maturité.*

D'ailleurs, la monogamie étant nécessaire pour élever l'enfant, la polyandrie est le plus grand crime social qui, à un certain point, doit être frappé de la peine de mort.

L'enfant, fût-il né et sain, dès qu'il est conçu dans une union polyandrique, aucun père ne travaillera ni pour la mère ni pour l'enfant. Il est dans la nature du mâle de combler de tendresse la mère qui porte son fruit, et de travailler pour élever son enfant, pour développer en lui toutes les facultés physiques et morales, afin de pouvoir marcher seul et de pourvoir à sa double vie matérielle et intellectuelle. Les soins cessent dès que le père n'est plus sûr que l'enfant est de lui. Au premier abord, on devrait croire que la polyandrie, légalement admise, trois pères seraient plus forts, plus riches, plus disposés à élever, à lotir un enfant qu'un seul. C'est le contraire qui est vrai. Un seul père élèvera plutôt douze enfants que douze pères un seul enfant. Avec la polyandrie le fils ou la fille sont absolument à la charge de la mère.

Et comme la loi sociale et la faiblesse de la nature humaine exigent du moins vingt années de soins et de leçons pour bien élever un homme et une femme, une mère ne suffit jamais à ces fonctions. En eût-elle même la volonté et la fortune, nul enfant élevé seulement par un père ou par une mère ne sera l'égal, proportion gardée de l'intelligence, d'un enfant qui a eu les soins d'un père et d'une mère unis.

A telles enseignes que la bête intelligente, à défaut du père ou de la mère, confie ses petits à un autre mâle ou à une autre femelle. Sans ces doubles soins les petits mourraient. J'ai vu des serins, à défaut du père, accepter les soins d'un autre serin. Chateaubriand, dans son voyage en Amérique, assure que la femelle du castor, quand le père réel lui vient à manquer, adopte un autre mâle qui enseigne à ses petits l'art de construire des digues et de défendre sa maison.

La différence qui existe entre la polygamie et la polyandrie est immense. Cette différence est dans la loi naturelle même et c'est elle qui trace à la société des lois différentes entre l'in-

fidélité du père (polygamie) *et l'infidélité de la mère* (poly-andrie).

Un homme, ayant plusieurs femmes, les enfants que ces femmes conçoivent de lui sont sûrement de ce père et de ces mères. La mère peut se dire avec certitude : « Je connais le père de mon enfant, il en connaît la mère ». L'enfant, à son tour, peut se dire sûrement « voilà mon père et voici ma mère ! »

Certes, cette mère n'aimera pas cet enfant, ni ne lui vouera les mêmes soins qu'aux enfants conçus d'un mari fidèle, n'ayant plus d'autre femme ni d'autres enfants d'une autre mère, mais, quels que soient ses regrets, quelles que soient ses douleurs, elle n'abandonnera pas son enfant, ni ne tuera son fruit dans ses entrailles, avant de le mettre au monde, pourvu qu'elle soit assurée que le père, non-seulement pourvoiera aux moyens d'élever l'enfant, mais aux soins indispensables à elle-même pendant et après la grossesse et jusque dans l'âge de la stérilité forcée.

Il n'en est pas de même pour la polyandrie, fût-elle tolérée par la loi.

Dès qu'un homme doute de sa paternité par l'infidélité de la mère, il abandonne l'enfant, dût-il combler de biens la mère qu'il aime pour ses attraits et sa beauté.

Et dès qu'une mère est abandonnée à elle-même, aimât-elle à la folie le père réel de son enfant, elle n'aura plus les mêmes soins pour sa progéniture. L'abandon du père suffit pour que la mère ne recule même pas devant le danger de se tuer elle-même en détruisant le germe de sa conception.

De là le grand nombre d'infanticides dans les pays où la recherche de la paternité n'est pas admise.

Or, comme la nature dans l'amour, n'a eu vue que l'enfant, la société qui partout s'est modelée sur la loi naturelle, a quelquefois toléré la polygamie, *mais jamais dans aucun pays la polyandrie.*

Nulle part, chez aucun peuple, l'adultère de l'homme n'a été puni et mis sur le même rang que l'adultère de la femme. Avec l'adultère de l'homme l'enfant est possible. Dès la tolérance de l'adultère de la femme, il n'y a plus ni enfant, ni famille, ni père, ni mère, ni cité, ni patrie, ni société.

Nous verrons d'ailleurs tout à l'heure que la nature même a *limité* l'adultère de l'homme, tandis que l'adultère de la femme, ILLIMITÉ, peut amener des excès qui compromettraient tous les enfants de la civilisation. *Les crimes d'amour de l'homme produisent certes de grands malheurs, mais les crimes d'amour de la femme produisent sûrememt la Mort sociale.*

Voici pourquoi:

En vivant avec un homme dont les forces productrices sont limitées, fût-il Hercule en personne, la femme, pendant son impureté, sa grossesse et l'allaitement de son enfant, invite l'homme au repos. Le Talmud, à la séparation naturelle pendant la période impure, ajoute encore *sept jours purificateurs* pendant lesquels il est défendu aux époux de s'unir, ce qui fait douze jours de séparation forcée par mois, cela fait tous les mois une nouvelle lune de miel.

Pendant des siècles cette loi a été observée par les Juifs. Là résidait leur seule force de durée. Cette loi disparue, et les Juifs ne sont déjà plus qu'un troupeau paissant l'herbe empoisonnée du matérialisme et se noyant dans la débauche.

Dès que la femme, soit par les lois, soit par le relâchement des mœurs, peut s'unir à plusieurs hommes, elle se stérilise naturellement par l'abus de l'amour. Une fois stérilisée (et cela vient très vite), une seule femme polyandre suffit pour déviriliser tout un régiment d'hommes. En très peu d'années, il n'y a plus d'enfants. *Ceux qui naissent au milieu des vices sont privés de toute force physique, de toute énergie morale.* Le nombre des femmes dépasse de beaucoup celui des hommes, attendu que la polyandrie tue les hommes très jeunes, ou les vieillit avant l'âge. La polygamie a pu exister chez plusieurs nations, non sans despotisme d'un côté et esclavage de l'autre ; mais la polyandrie n'a jamais pu être instituée ni tolérée nulle part, car c'eût été l'étranglement du genre humain. Là où elle a été tolérée, famille, cité, patrie, tout a disparu en moins d'un demi-siècle !

Or, la polyandrie n'est pas autre chose que la prostitution, la cocotterie ou l'émancipation de la femme pour l'adultère, dès qu'elle veut le mettre sur le même pied que l'adultère de l'homme !

Et ce n'est pas une loi d'infériorité qui indique ce devoir à la femme, mais une supériorité réelle et naturelle. C'est ce que nous allons prouver par de plus amples développements et par des considérations puisées dans la nature même.

IV

Dans la nature, les êtres inférieurs sont bien plus nombreux que les êtres supérieurs, autant par espèce que par règne. Les minéraux dépassent en nombre les végétaux. Il y a plus de plantes individuelles que de bêtes. Les animaux sont bien plus nombreux que les hommes et s'il y a quelque part des anges, ils seront en grande minorité vis-à-vis des humains.

Cela seul prouve que les êtres inférieurs n'ont point été exclusivement créés pour les êtres supérieurs et que les forts n'ont été doués de force que pour la vouer aux faibles. Cela prouve enfin que les devoirs des forts, de l'accomplissement desquels jaillissent les droits des faibles, sont de rigueur sous peine de voir souffrir et périr les uns et les autres.

Même phénomène dans l'être individuel.

Les parties nobles sont moins fortes par la quantité que les parties moins nobles. Mais il faut que les organes supérieurs fonctionnent, avant tout, selon leurs lois pour donner la vie et la santé aux membres inférieurs. Pour peu que le cerveau ne fasse pas son devoir de raison, les bras, les jambes, les yeux, les oreilles, les entrailles, tous les membres périclitent et ne jouissant plus de leurs droits, ils réagissent par des maladies sur le cerveau et l'entraînent à la destruction.

Partout donc où la loi sociale s'est réglée sur la loi naturelle les forts ont été contraints de faire leurs devoirs, afin de garantir les droits aux faibles. Il n'y a pas d'autre progrès dans la civilisation. Le bonheur de tous les êtres est contenu dans cette loi. Là où le génie et le talent, accomplissant leurs devoirs, pensent, travaillent, agissent pour l'immense majorité des médiocrités, autant dire un chiffre donnant sa valeur aux zéros; là où les riches seuls paient l'impôt nécessaire à la justice sociale, afin que le pauvre puisse vivre convenablement de son travail; là où le fonctionnaire élu pour ses vertus et ses talents, au lieu de regarder sa fonction comme une vache à lait ou comme un bouclier de vice pour pouvoir se vautrer impunément dans les plaisirs illicites, veille à ce que justice soit faite aux faibles contre les forts, aux vertueux contre les vicieux, aux travailleurs contre les fainéants; là où l'homme valide travaille pour soutenir l'infirme et le malade, où la jeunesse nourrit et honore la vieillesse, où le père et la mère ne s'aiment que pour procréer et élever d'honnêtes citoyens, en leur donnant l'exemple de toutes les vertus indispensables à l'honneur et au bonheur de la maison, de la cité et de la patrie, là règnent l'ordre, la justice, la liberté, la prospérité; là est le siége de la civilisation; là est la capitale de l'humanité; là gouverne Dieu en personne, représenté par la loi sociale basée sur la loi de la nature!

Or, dans l'amour, la femme est bien plus forte que l'homme. Elle lui est supérieure autant par l'intensité du bonheur que par sa puissance illimitée.

La femme ne redevient l'égale de l'homme et n'assure ses droits d'être inférieur *que du moment où elle consent à devenir mère*. L'homme, il est vrai, se soustrait aux douleurs de l'enfantement, aux maladies et aux malaises de la grossesse, mais ces douleurs, loin d'être une malédiction, comme le prétend l'auteur de la Genèse, ne sont que les ombres naturelles de la grande puissance d'amour de la femme ; puissance qui dépasse d'une manière bien sensible celle de l'homme.

Loin d'être inférieure à l'homme dans l'acte d'amour, la femme lui est supérieure en dehors de la conception.

La femme, selon le célèbre docteur Hufland, a les nerfs *quinze fois* plus sensibles que ceux de l'homme. Qu'est-ce donc quand la femme veut se livrer aux étreintes de l'amour en se privant sciemment de la possibilité de la conception ! L'homme ne peut pas faire acte d'amour sans faire acte de père. La femme peut toujours sacrifier à ce Dieu et le tromper, tout Dieu qu'il est. *La femme peut se prostituer, l'homme ne le peut pas !*

Un homme qui se prostituerait tous les jours, mourrait en peu de mois. Mais il est des femmes qui, pendant vingt années, se prostituent à vingt hommes par jour. Les demoiselles Giraud s'exposent à mourir jeunes et maigres, les Messalines engraissent et meurent de vieillesse.

Certes, cette supériorité est nécessaire. J'en ai indiqué le but. Elle seule garantit la possibilité de la monogamie. *Mais elle n'est utile qu'autant qu'elle sera maintenue, par toutes les forces sociales, dans les limites de la nature, qui veut que toute force n'existe jamais pour elle-même et qui, en fait d'amour, n'ayant en vue que l'enfant, veut que toute femme n'existe que pour être mère.* Dès que cette supériorité, comme toutes les autres, n'est plus exercée que pour le bon plaisir, dès que la puissance d'amour de la femme n'est plus employée pour le bien de l'époux et de l'enfant, *elle devient un fléau social qu'il faut exterminer par le fer et le feu !*

La prostitution de la femme est la mère de tous les vices, de tous les crimes, de toutes les tyrannies, de toutes les hontes, de toutes les servitudes.

Avant qu'elle ne soit extirpée du corps social, il n'y a nulle part la moindre possibilité, ni d'ordre, ni de liberté.

L'homme, si vicieux qu'il soit, ne peut mentir en amour. Du moment qu'il peut s'approcher de la femme, il aime et fait acte de paternité.

Mais la femme peut mentir en amour. A toute heure du jour et de la nuit elle peut se prêter à l'homme, non-seulement sans aimer, mais encore sans perdre la force destinée à l'enfant. Il est vrai qu'à ce métier elle se stérilise en peu de temps, mais elle n'en devient que plus dangereuse. Sa puissance d'excitation à la débauche augmente à mesure que sa chance de maternité diminue.

Quel est le but de la nature en dotant la femme de cette puissance d'user et d'abuser ?

C'est qu'étant quelquefois mère, elle soit et elle puisse toujours être épouse.

Eh bien ! dès que la femme se soustrait à ces devoirs, elle perd tous ses droits et ne mérite plus ni respect ni ménagement. Elle est hors de la loi sociale.

Si la femme ne pouvait commettre une infidélité que par amour et passion, il n'y aurait pas la moindre différence entre son infidélité et celle de l'homme.

L'homme ne peut être infidèle qu'en livrant son corps à la passion de l'amour.

La nature ne se préoccupe nullement de la légitimité d'un enfant, mais de sa naissance. *Elle ne veut pas qu'il y ait de l'amour sans possibilité d'enfant.*

L'adultère de l'homme, je l'ai déjà dit, mais je le répète, ne laisse d'ailleurs planer aucun doute sur la provenance de l'enfant. Il n'y a qu'un enfant de plus et tant mieux ! Chaque mère sait que son fils ou sa fille est de son bien-aimé. L'infidélité de la femme, au contraire, ôte toute certitude au père et loin de créer un enfant de plus, elle détruit la force productrice et prolifique.

D'ailleurs, l'homme infidèle ne peut mentir longtemps à l'amour. Limité comme il est par la nature, il se tient bien vite à la femme préférée et il y a toujours une préférée. S'il a deux femmes, il néglige forcément l'une pour l'autre ; car chacune, pour preuve d'amour, veut le posséder seul. Il n'est jamais de trop. Que s'il persiste à jouer à ce jeu de cumul, sa ruine physique et morale est certaine.

Il n'en est pas de même de la femme. Elle peut faire semblant d'aimer deux, trois, plusieurs hommes à la fois. Non qu'elle en aime réellement deux, mais, de par sa nature, elle peut mentir à deux et ne laisser flamber sa verve amoureuse que pour le troisième.

Cela est d'une vérité telle que, dans la jalousie, la vengeance de la femme se manifeste d'une toute autre manière que celle de l'homme.

L'homme jaloux, abandonné à son ressentiment, commence par frapper l'infidèle bien-aimée, avant de songer à son rival. Othello étrangle Desdemona avant de se venger de Iago. La femme jalouse, au contraire, songe avant tout à sa rivale. Sa première pensée de vengeance lui est destinée. Elle cherche à détruire le voleur, mais elle garde son bien volé.

L'homme, même après avoir tiré vengeance de son rival, rejette loin de lui le bien profané, et quand par hasard il veut le garder, il est déshonoré et devient un sujet de mépris universel. Cela tient à une autre loi naturelle que nous allons expliquer.

La femme, même après avoir assouvi sa vengeance sur sa rivale, ne repousse pas le bien-aimé infidèle. Elle prend toujours tout et ne rend jamais rien.

Ah ! si la femme, comme l'homme, n'aimait que par passion et rage, elle n'y résisterait pas longtemps. Mais elle peut aimer par ambition, par coquetterie, par vanité, par intérêt, par intrigue, par vengeance, et tous ces amours elle les conduit de front à grandes guides. L'homme qui aime de passion une autre femme que la sienne ne peut lui cacher longtemps son amour illégitime. Il faut qu'une femme soit bien niaise pour ne pas s'en apercevoir. Or, en fait d'amour illégitime, il y a des niais, mais guère de niaises. La femme adultère, au contraire, au plus fort de sa passion infidèle redouble de tendresse mensongère auprès de son mari et le trompe pendant des années. C'est quelquefois un homme heureux, le plus heureux des trois.

Pour toutes ces raisons, la loi sociale, se modelant sur la loi naturelle, a frappé la femme adultère et s'est relâchée de sa sévérité pour l'adultère de l'homme. Parce que d'abord la nature n'a eu en vue dans l'amour que le père et la mère et que l'adultère de l'épouse détruit la mère, tandis que l'adultère de l'époux ne détruit pas le père.

Il est vrai que les deux adultères présentent les mêmes dangers pour la santé mutuelle des époux, ainsi que pour leurs intérêts respectifs. Mais contre ces inconvénients, le divorce suffirait et il suffit, en effet, là où il est légalement admis.

Mais, même là où règne le divorce, il n'y a pas d'égalité entre les deux adultères.

Le mari divorcé sera partout l'égal des autres hommes. La femme divorcée n'est plus l'égale ni d'une vierge, ni d'une épouse fidèle.

Moïse a défendu aux prêtres d'épouser ni veuve, ni divorcée. Certains peuples ont défendu aux veuves et aux divorcées de se remarier.

C'est de la barbarie. Soit. Mais même en pleine civilisation la loi de la nature fait une distinction entre un veuf et une veuve, entre un mari et une femme qui ont divorcé.

Un homme qui aurait connu cinquante femmes n'en sera pas plus exposé à violer les lois sociales de l'amour. *Il est naturellement limité Tout excès corrompt sa santé et détruit en lui la puissance d'amour. Mais une femme* QUI A CONNU DEUX HOMMES, *forte de sa supériorité, de sa puissance illimitée, à moins de principes de vertu, de devoir, est exposée, ne fût-ce que par curiosité, à en connaître plusieurs autres, et les nouvelles expériences ne compromettront ni sa puissance, ni ses intérêts, ni son humeur, ni son existence, pourvu qu'elle s'assure de la santé de ses nombreux sujets, (c'est ce qu'elle fait).*

L'homme, en tant que père et époux, risque donc beaucoup plus en épousant une veuve et une divorcée que la vierge en épousant un veuf ou un mari séparé d'une femme.

La Cabbale prétend que la femme n'oublie jamais le premier homme qui l'a initié à l'amour, que même veuve et ayant convolé, ses enfants ressemblent souvent à son premier mari.

C'est pourquoi Moïse a été forcé d'édicter une peine, afin d'obliger le frère d'épouser la veuve de son frère défunt. La nature ne se préoccupe pas de ces hasards, fussent-ils vrais. Qu'un enfant ressemble à celui-ci ou à celui-là, peu lui importe. Mais elle se préoccupe réellement de la femme comme mère et épouse. Avant tout il faut que la femme soit mère. Le reste viendra après. Avant tout il faut que le présent soit gros d'un avenir comme lui-même est né d'un passé. Pour ce, il faut que tous les droits de la femme dépendent exclusivement de ses devoirs accomplis.

Certes, il en est de même de l'homme. Ses premiers devoirs sont d'être époux et père. Malheur au pays où ces devoirs ne sont pas primordiaux, où les droits d'homme et de citoyen n'en dépendent pas. Mais pour l'enfant, la fidélité de l'homme n'est jamais si nécessaire, si indispensable que la fidélité de la femme.

L'homme ne peut pas pousser ses dérèglements jusqu'à la prostitution. Il peut se stériliser par la débauche; mais, une fois stérile, il ne peut plus continuer d'aimer ni de faire semblant d'aimer. La femme, elle, ne commence à abuser de l'amour et ne pousse l'homme à tous les excès que du moment où elle se stérilise, soit réellement, soit artificiellement !

Contre ces inégalités physiques il n'y a pas d'éloquence ni de conférence qui tienne ! La femme peut entasser paroles sur paroles, volumes sur volumes, *elle ne sera jamais la pareille de l'homme pour l'infidélité en amour. Il faut qu'elle paie sa supériorité par sa vertu.* Toute noblesse oblige. La vertu de la femme est la condition *sine quá non* de la famille, de la cité, de la patrie, de tout progrès, de tout ordre, de toute liberté. Jamais l'adultère du mari n'excusa ni n'excusera l'adultère de la femme. Contre l'adultère de l'homme, il y a le divorce, la garantie de la dot et de la fortune acquise. Cela ne regarde que l'épouse et la famille.

MAIS L'ADULTÈRE DE LA FEMME EST UN CRIME SOCIAL.

Ce n'est pas le mari seul qui doit intervenir, mais la société entière !

Car cet adultère est un commencement de prostitution. La prostitution tue et les enfants, et les hommes et les femmes. L'homme adultère ne peut pas se prostituer, la femme adultère le peut. De là vient que jamais la loi sociale n'intervient pour l'adultère de l'homme, à moins qu'elle ne soit requise par la partie lésée, mais que partout la société a crié *Raca* sur l'épouse adultère et le criera toujours et de plus fort en plus fort !

Le mot de Jésus n'a jamais été compris par les chrétiens qui, du reste, n'ont jamais rien entendu au christianisme de Jésus qui est tout talmudique et hillélique. D'après le Talmud, il faut deux témoins pour constater l'adultère. Jésus dit donc à la Juive : Y a-t-il des témoins ? — Non, répond la femme. — Que celui, répliqua alors Jésus, qui n'a pas péché te jette la première pierre ! »

Selon la loi juive, il faut que le témoin accusateur jette la première pierre au criminel condamné, et la femme adultère convaincue par deux témoins était condamnée à être lapidée !

V

Si la femme pour la volupté est supérieure à l'homme, à son tour le sexe masculin a un avantage matériel sur elle.

Son corps ne change pas physiquement par l'acte de l'amour.

Nombre de femmes, et des plus vertueuses, ont voulu nier ou escamoter la virginité, en la déclarant un préjugé, mieux encore une invention de l'homme.

Elles prétendent que toute femme égale la vierge pour le mariage. D'autres vont plus loin encore.

Elles exigent pour le mariage, l'égalité des deux sexes devant la virginité. Elles refusent au mari le droit de se préoccuper de la pureté de son épouse, à moins qu'il ne prouve la sienne.

Il est un fait irréfragable. La femme change de physique par l'acte de l'amour, l'homme n'en change pas.

En hébreu, la petite fille s'appelle *Bethulah*, la vierge *Nara*, la jouvencelle *Almah*, mais la femme s'appelle *Nekebah*. Toute la différence est dans le mot même. Une femme dévirginisée ne ressemble plus physiquement à une autre qui ne l'est pas encore. Elle a changé de nature. L'homme, eût-il connu cent femmes, reste physiquement le même. Il y a plus. Une femme infidèle connaissant deux hommes différents peut changer de physique et même être matériellement reconnue coupable par ce changement. Le Talmud là-dessus ne tarit pas dans ses chapitres de viol. Une femme fidèle, dit-il, devient comme une seconde nature de son époux, même sous le rapport corporel. Une femme infidèle peut n'être plus apte à donner du bonheur à son mari trompé.

Plutarque (tous les grands moralistes ont traité ces questions), Plutarque raconte à ce sujet qu'un Athénien, possesseur de la plus belle femme d'Athènes et la répudiant, répondit à un curieux lui reprochant cet acte: « Tu vois ma pantoufle. Elle est très belle. Eh bien ! elle me blesse quelque part, mais je ne te le dirai pas et tu ne le verras pas. »

Exiger donc l'égalité des deux sexes devant la virginité est un véritable non-sens, une aberration, un aveuglement volontaire.

Cette circonstance pèse aussi sur l'inégalité des dangers dans l'adultère.

Certes, une femme trompée est lésée dans ses droits les plus sacrés. Il n'est pas d'homme, si jeune, si fort qu'il soit, qui soit de trop pour elle, pour peu qu'elle jouisse de sa santé.

Elle est dans son droit de ne jamais partager son époux, que l'infidélité du mari influe ou non sur l'enfant.

L'infidélité de l'époux expose encore la femme à perdre sa santé. Hélas ! que de femmes vertueuses qui en meurent avant l'âge. Le médecin qu'elles consultent invente toutes sortes de mots pour désigner la maladie. Elles meurent tout simplement des suites des débauches de leurs maris, viciant leur sang et minant leur santé.

Mais l'infidélité de la femme, outre ces dangers auxquels elle expose également le mari, y joint encore le vilain inconvénient *qu'elle peut lui rendre sa femme tout autre qu'il ne l'a laissée, sans en altérer la santé.* Que si cette femme adultère ne s'arrête pas en chemin, elle devient certainement méconnaissable pour son premier mari, quoi qu'en pense *la fiancée du roi de Garbe*, de Boccace.

De tout cela il résulte que la société, courant au plus pressé et se réglant sur la loi de la nature, agissant presque en légitime défense, a partout forcé la femme d'être avant tout épouse et mère, afin que de ces devoirs accomplis jaillissent les droits de l'immense majorité des humains.

Seulement (et là commence l'iniquité sociale), même après avoir forcé la femme de faire ses devoirs, la société des hommes lui a refusé tous les droits naturels et légitimes, issus de ces mêmes devoirs.

Mais elle ne l'a pas fait impunément. La femme se voyant frustrée et dupée, à éludé, détourné la loi. Ce qu'elle n'a pu faire par la force, elle l'a fait par la ruse. Sa puissance est si immense que même jugulée, liée, garottée et bâillonnée, elle a su défaire une à une les mailles d'iniquité qui la tenaient captive, et prendre sa revanche. Là où elle n'a pas pu vaincre l'homme, elle l'a corrompu et l'a entraîné avec elle dans l'abîme du despotisme et de l'esclavage.

Aujourd'hui même, après tant de luttes, de batailles et de victimes, les femmes ne jouissent pas encore de leurs droits naturels. Elles ont raison de combattre par tous les moyens pour leur sainte cause.

Mais dans notre siècle d'athéisme, de matérialisme et de crétinisme, bon nombre de femmes militantes, pratiquant leurs maximes, ont l'air de mettre tous leurs droits dans la négation même de leurs devoirs préalables et primordiaux. (J'en excepte Maria Deraimes qui n'a jamais prôché le droit avant le devoir accompli.)

Au lieu de s'armer de ces devoirs et de prendre leurs points d'appui et de départ dans cette citadelle spirituelle, elles font mine de réclamer les mêmes droits que l'homme, non pas seulement pour le code politique et civil, mais pour le code de l'amour même. Elles demandent formellement l'égalité complète dans l'émancipation de la chair, dans le concubinage et jusque dans la cocotterie. Dans leurs romans, l'adultère de la femme est mis sur le même pied que celui de l'homme. Elles croient avoir dans le mariage les mêmes devoirs et les mêmes droits en tant qu'individus, bien que ces devoirs et ces droits, basés sur la nature et la différence des sexes, diffèrent essentiellement les uns des autres, bien qu'il ne soit donné à aucun pouvoir social d'égaliser ces différences naturelles.

Ce malentendu vient exclusivement des idées matérialistes du dix-neuvième siècle, idées non-seulement contraires à la loi divine, à la loi naturelle, mais à toute loi, d'où qu'elle vienne. L'athéisme qui est une cécité de l'âme, est l'anarchie de la logique, une Babel sociale. C'est le droit qui s'affirme en niant le devoir, comme qui dirait un fils assassinant le père pour en hériter et se refusant d'être père lui-même. C'est la fin de toute société. C'est la femme se livrant à l'amour illimité et se stérilisant, après avoir étouffé le fruit de ses entrailles. C'est le paresseux prêchant le communisme et exigeant que d'autres, et les meilleurs, travaillent pour lui, que la société lui assure un minimum de fainéantise, jusqu'à ce que par la violence et le despotisme il arrive au maximum ; c'est le mâle demandant l'*union libre*, afin qu'après avoir épousé la mère et l'abandonnant, il épouse la fille, puis, l'abandonnant à son tour, la petite-fille, et ainsi de suite jusqu'à l'âge de l'impuissance. Cette anarchie qui est dans tous les esprits, surtout de la jeunesse, est pire que le règne des animaux. Les bêtes suivent instinctivement la loi de la nature. L'homme seul, grâce à son immense privilége du libre arbitre, peut s'élever jusqu'aux anges ou s'abaisser au-dessous de la brute. Il n'y a pas de milieu pour lui.

Ou par le devoir accompli des forts, par la loi sociale qui les y force (car les forts ne sont uniquement forts que quand les faibles sont divisés, faute de ciment spirituel qui seul lie les hommes), la société arrive logiquement, pacifiquement à la jouissance de tous ses droits, et partant à l'ordre par la justice, à la liberté par la paix, à la gloire par la vertu, ou bien, dès que le droit précède le devoir et l'annihile, elle va s'abétissant, s'affolant, n'ayant plus ni loi, ni frein, ni rail, et se précipitant dans une anarchie brutale où les hommes, contrairement à des bêtes de la même famille, s'entre-dévorent les uns les autres, frère contre frère, sœur contre sœur, loup contre loup, renard contre renard et jusqu'à chapon contre chapon.

VI

Nul être dans la nature ne se prostitue, sauf la femme. Nul être dans la nature ne vit avec et par la prostitution, sauf l'homme. Faut-il en conclure que de tous les êtres l'homme et la femme sont les plus vils et les plus misérables? Peut-être !

En effet, l'homme qui manque à ses devoirs humains et sociaux est au-dessous de l'animal de bien, qui ne manque jamais de faire tous ses devoirs et qui rarement jouit de tous ses droits, fruits de ces devoirs accomplis.

La prostitution de la femme est-elle le résultat des prévarications de l'homme social? Est-elle innée dans la nature de la femme? Peut-on la détruire ou la rendre impossible et inutile?

Voilà des questions capitales auxquelles il faut répondre avant de constater les effets terribles de cette plaie vive, source empoisonnée de tous les malheurs qui affligent l'humanité.

Parce que la femme peut se prostituer, il ne s'ensuit pas qu'elle ait un penchant naturel pour ce vice. Bien au contraire! La nature a donné à la femme comme à toutes les femelles la maîtresse passion d'être mère. L'amour physique, le désir d'être aimé n'est en réalité chez les deux sexes qu'un instinct naturel d'être père et mère.

Le philosophe Schoppenhauer, dans un traité particulier sur l'amour, a établi avec beaucoup de sagacité et de raison, que la beauté dans l'amour, le désir de se rapprocher mutuellement, n'est en réalité qu'un langage instinctif et muet du sentiment paternel et maternel. Sans se rendre un compte exact de ces mouvements involontaires, l'homme frappé de la beauté d'une jeune personne, se dit instinctivement : « Oh ! la belle et forte mère que cela serait. » La femme, à son tour, se dit mentalement : « Oh ! que cet homme ferait un père fort et vigoureux ! » Tous deux y ajoutent, toujours instinctivement : « et que j'aimerais avoir un bel enfant de cet homme ou de cette femme ! »

De là vient, dit Schoppenhauer, que deux amants qui se sont sentis attirés violemment l'un vers l'autre pendant la jeunesse, se rencontrent quinze ans plus tard sans plus rien sentir l'un pour l'autre.

Jeunes, un *je ne sais quoi* les poussait l'un vers l'autre. Mûris ou vieux, ce *je ne sais quoi* a disparu. Or, ce *je ne sais quoi* populaire n'est autre chose que l'instinct paternel et maternel, inné dans la race humaine, instinct qui vibre et frissonne à l'aspect de la belle jeunesse, c'est-à-dire de la vigueur et de la santé, et qui s'amortit ou s'éteint à mesure que la passion de procréer s'affaiblit et disparaît.

La femme donc, comme l'homme, sauf de rares cas qui sont des maladies, n'aime naturellement et ne cède à l'homme que poussée par la passion instinctive et irrésistible d'être mère et d'avoir un bel enfant. Inutile d'ajouter que l'homme est l'esclave de ce même instinct.

La prostitution humaine est donc un fait anormal, contraire à la nature de l'homme et de la femme. La polygamie n'est pas précisément la prostitution, puisque toute femme peut devenir mère et reconnaître le père de son enfant, mais c'en est le commencement, le premier échelon. La série des devoirs et des droits humains est si harmonieusement engrenée, que dès qu'un homme vient à violer un de ces devoirs, par cela même il frustre un de ses semblables de ses droits.

Dès qu'un père a plusieurs femmes pour mères, chacune de ces femmes, que la nature n'a pas limitée comme les femelles des autres espèces, est lésée dans ses droits d'amour. Dès lors, la mère négligée emploiera toutes ses facultés intellectuelles pour chercher un suppléant à ce demi, à ce quart, à ce huitième de mari. Pour échapper à la vigilance du maître et pour n'être pas trahie, elle cherchera à jouir de tous ses droits d'amour, sans en accomplir les devoirs maternels, *et voilà la prostitution!*

Comme tous les vices rongeurs, la prostitution est issue d'un crime social.

La polygamie est donc une des causes premières de la prostitution, mais elle n'en est pas la cause principale. Ce fleuve ne roulant que de la fange, du sang et de la sanie, a plusieurs confluents, plus pestilentiels l'un que l'autre.

La cause efficiente, c'est la grande erreur sociale, erreur séculaire *des prétendus droits non issus des devoirs accomplis.* IL N'Y A PAS DE DROITS INNÉS !

Avant d'être un individu, l'homme est un être social. Avant de naître, il doit à la société un père et une mère, une justice sociale qui leur a permis de s'unir, un climat rendu habitable par des ancêtres et un sol cultivé. Tous les prétendus droits imprescriptibles de l'enfant ne sont autre chose que des devoirs accomplis par les parents, par les aïeux et les bisaïeux. Depuis la naissance jusqu'à l'âge de la force et de la raison, l'enfant ne jouit d'aucun droit qui ne soit un devoir rempli par d'autres que lui, par sa famille d'abord, sans laquelle il ne naîtrait pas ou mourrait à peine né, par la cité, sans laquelle la famille disparaîtrait, par la patrie, sans laquelle la cité serait détruite, par la société et les lois humaines, sans lesquelles la patrie serait la proie du droit du plus fort !

De l'idée du droit primordial dans la vie individuelle sont sortis tous les fléaux humains. Si la liberté n'est qu'un droit, j'ai, moi individu, le droit d'y renoncer. On renonce à un droit, mais on ne peut renoncer à un devoir. Si la monogamie, l'amour naturel, le travail, la loyauté, la bonne foi, la vertu sont autant de *droits* et non des *devoirs*, je puis y renoncer et m'écrier aux risques de la guerre sociale : « *Courte et bonne !* » Si la pureté des mœurs est un droit, moi, femme, jeune et belle, j'y renonce, me prostitue et vogue la galère ! nargue des aïeux ! foin de la génération à venir ! Mais si la liberté, le pouvoir électif et tout ce qui s'ensuit sont de premiers *devoirs*, si l'honneur, l'honnêteté, la vertu sont d'impérieux *devoirs*, nul n'a le droit d'y renoncer ni de s'y soustraire, *sous peine d'être retranché de la société comme un membre gangrené.* Non ! le citoyen n'a pas le droit de renoncer au pouvoir électif, car ce pouvoir seul garantit la liberté des générations futures. Non ! l'homme n'est pas libre de n'être pas père, ni la femme de n'être pas mère ! C'est même leur premier devoir. Si leurs parents avaient manqué à ces devoirs, eux, ils n'existeraient pas. Que nous importe ! diront-ils, nous n'avons pas demandé à vivre.

Pardieu non ! *Mais la vie même, malheureux, n'est pas un droit, c'est un devoir ! On ne vous a pas consulté pour vous créer, et pour peu que votre mort soit nécessaire à vos semblables, vous mourrez sans que la société vous en demande la permission.*

Non ! la femme n'est pas libre de se prostituer, dût-elle en mourir ! car elle détruit en elle un trésor qu'elle doit à la société, en échange des sacrifices que cette société a faits depuis des siècles pour que cette femme ait pu être engendrée, enfantée, allaitée, nourrie et élevée dans des conditions de santé et de justice.

Non ! le citoyen n'est pas libre de créer des armées de soudards et des couvents de jeunes hommes et de jeunes filles, véritables repaires sociaux, qui, par-dessus quelques stériles vertus, ne vomissent sur la société que des poisons, des vices et des crimes. Autant il est du devoir du citoyen de courir à la défense de la patrie menacée par la violence et l'iniquité, autant il est de son devoir de s'opposer de toutes ses forces, au risque de sa fortune et de sa vie, à ces hordes de célibataires, assassins de corps, meurtriers de raison, corrupteurs de mœurs ! Quand l'humanité aura échangé le mot fallacieux de *droit* contre le mot divin de *devoir*, elle considérera les moines au-dessous de cinquante ans et les nonnes au-dessous de quarante comme des malfaiteurs, et les exterminera plutôt que de tolérer dans le corps social *ces gangrènes qui marchent*.

Alors, nul célibataire volontaire, ni laïque, ni clérical ne jouira d'aucun droit, ni politique ni civil. *Le célibat est un soi-disant droit qui prend tout et ne rend rien*. Il n'aurait de raison d'être que si tout individu pouvait prouver qu'il s'est créé tout seul et qu'il ne doit rien ni à la famille, ni à la cité, ni à la patrie. En tout cas, il faudrait prouver qu'il a payé sa dette sociale d'une autre manière, ce qui est impossible, *car la première dette à payer c'est d'être père ou mère*. Le devoir du travail ne vient qu'après. C'est parce qu'il n'y a pas assez d'hommes, et parce que les trois quarts du globe ne sont pas cultivés, que les hommes s'entre-tuent pour s'enlever le peu de fruits qui restent, que la terre ensauvagée est pleine d'animaux malfaisants, qu'elle exhale d'horribles maladies ambulantes et que les climats sont encore si rudes.

C'est parce que la France est livrée à la malthuserie, à la cocotterie, à la prostitution, à l'adultère, à la girauderie et à la sodomie, qu'elle n'a plus assez de fils à opposer aux hordes envahissantes du Nord et qu'il n'y a plus en France que des médiocrités sans initiative, ni génie, ni virilité, vieillies avant l'âge et se rendant à l'ennemi par centaine de mille comme les

Américains du temps de Colomb, dégénérés par la promiscuité, la débauche et la syphilis.

Depuis longtemps on ne se marie plus en France que pour être riche, pour ne procréer qu'un enfant ou deux nés rentiers pour jouir de tous les droits de l'amour sans en accomplir les devoirs.

Chaque enfant mis au monde est regardé comme un despote né, ne vivant que pour son plaisir et ayant pour devise : « Je le veux ! »

Un second enfant, dès la naissance, est regardé comme l'ennemi du premier. Il empiète sur *ses droits*, sur son héritage, droit et héritage qui n'existent pas et n'ont aucune raison d'être, comme nous allons le voir.

Ce sentiment, cette erreur morbifère du soi-disant *droit* menace toute l'Europe. l'Allemagne aussi bien que l'Angleterre et l'Italie. La société européenne, grâce au mensonge du droit, est en pleine dissolution.

Elle entre dans une guerre qui ne cessera que faute de combattants. Les vainqueurs n'en seront pas moins malheureux et moins à plaindre que les vaincus.

Quand l'humanité aura deux milliards d'individus de plus, elle les enverra, *nolens volens*, en vertu du devoir primant, dans toutes les contrées du globe, cultiver partout la terre d'après ses lois naturelles. Elle ne permettra pas que quelques-uns, les moins méritants, enlèvent tous les droits de vivre sans accomplir le devoir de travailler. Elle ne tolérera ni despotisme, ni anarchie, car plus il y a d'humains, plus il y a de raison réflective.

Elle dira au travailleur, tu veux vivre marié et en travaillant. Bien. A Paris le travail est pris. Mais j'ai des terres magnifiques, en Afrique, en Amérique, aux Indes. *Tu iras. Et si tu n'y vas pas de bon gré, je t'y enverrai de force, car ton premier devoir envers moi est de travailler pour payer la dette que tu as contractée envers moi en naissant. Tous tes pré-*

tendus droits jaillissent seulement de ce devoir accompli. Que si tu comptes y manquer, moi, *société*, sauvegarde des générations présentes et à venir, je ne manquerai pas à la mienne. A la moindre résistance, je te briserai, te retournerai et te foulerai comme le laboureur, pour sauver la récolte, arrache, retourne et foule aux pieds l'ivraie de son champ.

Quant à la prostitution, sous prétexte de gagner sa vie, c'est la plus grande hérésie sociale de notre siècle de nains et de niais. *La première chose que la femme doit à la société, c'est sa vertu.* Cette vertu est plus indispensable que son travail au bien de la famille et de la patrie. Elle est la base de l'ordre, de la liberté, de la santé, de la prospérité.

Si marâtre que soit la société envers la femme déshéritée, cette femme sera toujours en reste avec elle. Elle lui devra toujours plus de biens qu'elle ne lui rend, et si elle ne conserve pas sa vertu elle devient d'abord insolvable, puis un membre dangereux, une fille dénaturée qu'il faut absolument retrancher de la société.

Je sais aussi bien que bon nombre de sincères observateurs que, si misérable que soit une fille, à moins de céder à la violence, elle n'est jamais forcée de se prostituer pour sustenter sa vie ; mais cela fût-il vrai, mieux vaudrait pour elle perdre son corps par la mort que par la débauche volontaire. *Ce corps ne lui appartient pas, il appartient à la société, avant qu'elle-même ait le droit d'en abuser.* La vie n'est qu'un prêt que la société fait à l'individu. Par ce bienfait, elle compte doubler, tripler sa prospérité, afin de la léguer aux générations à venir ou à parer des malheurs qui surviendront par intermittences. Une fille n'a pas plus le droit de prostituer son corps que de s'emparer du produit du travail d'autrui. Le vol est plus tolérable. On peut en réparer le tort. Moïse, le législateur le plus socialiste et le plus humain, condamne le voleur, non à la stérile prison, mais à restituer par son travail triplement et parfois au quintuple le dommage causé au volé, *mais il ne tolère* pas de prostituée dans sa République. Il est vrai que cette république a été détruite par la prostitution polygamique des Juifs.

VII

Le droit de l'enfant à l'héritage, sans ou malgré la volonté de ses parents, est un résultat qui a corrompu, détruit la famille, qui a mis les pères à la merci des enfants, le devoir accompli à la merci d'un droit imaginaire, qui a sacrifié la vertu au vice et qui, au lieu d'accomplir son devoir au printemps et dans l'été pour avoir un automne et un hiver assurés, veut sans semailles, sans labour et sans travail, cueillir tous les fruits de l'automne au printemps de la vie, au risque de ne jamais voir un été.

Il est à remarquer que jamais législateur n'a ordonné aux parents de faire leur devoir envers leurs enfants, mais que tous ont ordonné aux enfants d'honorer et de nourrir père et mère. C'est qu'il est dans la nature des père et mère, même des animaux, de se sacrifier pour leur progéniture jusqu'au moment où celle-ci est en état de se suffire à elle-même.

Il y a des exceptions, mais elles confirment la règle générale. Il n'y a qu'une condition à cela. C'est que le père fasse en même temps son devoir envers la mère. Jamais mère aimée ou respectée par le père ne commettra un infanticide. Il est donc dans la loi de la nature que les parents accomplissent leurs devoirs envers leurs enfants, et, faute de parents, c'est la société elle-même qui se charge de ces devoirs. Les parents les meilleurs et les mieux intentionnés ne pourraient s'acquitter de ces devoirs, si la société, depuis qu'elle existe, n'avait pas fait le sien envers tous ses enfants, s'il n'y avait pas une cité, une patrie, une justice, une administration, une civilisation quelconque.

Les enfants une fois grands et en état de gagner leur vie n'ont aucun droit à réclamer, pas même de leurs parents, ces derniers fussent-ils millionnaires. Ils n'ont que des devoirs à accomplir, devoirs de travail, devoirs d'époux, d'épouse, de père et de mère, de citoyen et de citoyenne. Ils n'ont droit au partage des biens de leurs parents qu'à la condition qu'ils remplissent leurs devoirs. Il est vrai que souvent ces parents eux-mêmes jouissent de leurs droits sans avoir accompli leurs devoirs, mais cela regarde la société et l'État ; cela ne durera pas longtemps. Car nulle part aucun mortel ne jouira longtemps de ses droits sans accomplir ses devoirs. Mais, en tout cas, les parents sont juges et maîtres de leur fortune, et si un enfant, manquant à ses devoirs, leur paraît indigne d'en jouir, ils peuvent, ils doivent le déshériter.

Moïse, le législateur le plus rationnel et le plus juste, n'a attaché à ce pouvoir qu'une seule condition, savoir : que père et mère soient d'accord à ce sujet. « Quand un fils, dit-il, est rebelle et débauché, et que le père et la mère le dénoncent aux anciens de la commune, ces juges le jugeront, et s'il est trouvé coupable, la commune le lapidera. »

Il savait très bien, le grand homme, qu'il fallait qu'un fils fût le dernier des gueux pour que sa mère consentît à le dénoncer et à le livrer à la mort. Aussi le père seul ne suffit-il pas pour faire condamner un fils ; il faut que la mère y consente elle-même.

Il en est de même de l'héritage. Il ne faut pas qu'un jeune homme jouisse d'un droit quelconque détaché d'un devoir

accompli. C'est un crime social, c'est une dissolution nationale, c'est l'anarchie en permanence, quand des jeunes gens
sont sûrs d'une certaine fortune, de tous les droits sociaux
qui en découlent, sans être astreints aux devoirs du travail, de
l'honnêteté et de la considération de leurs concitoyens. Il faut
que la loi sociale dise à la jeunesse : « Je t'ai assuré la vie, la
croissance, la santé et la justice, pour faire de toi un homme
ou une femme, A toi maintenant de faire ton devoir envers tes
parents et envers moi. Après ces devoirs remplis, je te garan-
tis de nouveau tes droits. » Non-seulement père et mère ont le
droit de déshériter un enfant débauché, paresseux, prodigue,
criminel, mais c'est leur devoir, et, à défaut des parents qui
peuvent être trop faibles, c'est le devoir de la société de pro-
noncer ce jugement et de vouer ces fils et ces filles, de n'importe quel titre ils s'affublent, à la honte, à la misère et au travail forcé. Faute de cette loi, il n'y aura jamais dans la société
ni ordre, ni liberté ; il n'y aura ni discipline, ni travail, ni pro-
priété assurée. Il n'y aura que de l'anarchie et de la dissolution. Une nation qui permet à ses fils et à ses filles de jouir de
tous les droits sans accomplir préalablement tous leurs devoirs, se dissoudra en peu de temps dans une éternelle guerre
civile. Heureuse si elle devient la proie de l'étranger qui lui
impose sa loi de fer et la force de travailler sous le joug et le
fouet, afin de gagner son pain quotidien !

VIII

Bien, dira-t-on. En attendant que les armées permanentes et les couvents soient abolis, que les célibataires, perdant tous leurs droits, soient forcés de se marier, que le divorce soit rétabli, que le droit de tester soit reconnu, l'Etat peut bien tolérer la prostitution qui est la mère ou plutôt la maquerelle du luxe et qui sert d'entremetteuse à bien des industries.

Hélas! non! Même dans l'état de choses actuel et en attendant que la raison combatte et gagne le grand combat, dût-il durer des siècles, il est du premier devoir de tout Etat civilisé, de toute société démocratique de ne point tolérer, sous aucune forme, la prostitution de la femme, dût-on être forcé à employer contre elle les dernières rigueurs.

Je l'ai déjà dit, je le répète et le répèterai toujours. Tous les fléaux sociaux de l'histoire des peuples jusqu'à ce jour sont les effets de l'erreur mère, *mettant le droit avant le devoir, ou proclamant des droits innés.*

En dehors de cette cause principale, la prostitution est la cause première de tous les vices, de tous les crimes qui rongent la société moderne. Depuis la glorification de l'athéisme, du matérialisme et de l'éclectisme (car toutes les erreurs comme les maladies sont cousines germaines, tandis que la vérité, comme la santé est *une et absolue*), la prostitution s'est étendue comme une immense gangrène avec tant de rapidité sur toutes les couches sociales de l'Europe, qu'à moins de suprêmes remèdes, elle menace de faire engloutir la société entière dans une seule mare de boue et de sang.

La grande majorité des hommes regardent et n'observent rien. Ils ne voient pas plus loin que le bout de leur nez. Mais au train que va la prostitution, ils n'auront bientôt plus de nez du tout!

D'abord, la prostitution enlève à la reproduction les femmes les plus fortes et les plus belles, car il n'est pas d'autre beauté réelle que la jeunesse réunie à la santé. C'est un métier très dur que celui de la prostituée. En stérilisant la fine fleur de la jeunesse, il ne reste que des mères débiles, délicates de santé, dont les fils ne seront jamais que des avortons, *car le fils tient avant tout de la mère, et jamais homme fort ne naquit d'une mère sotte et chétive.*

La race athée et matérialiste est une génération de pygmée pour le talent, de géants pour les vices.

La vraie force de l'homme est dans sa pleine et claire raison et mieux l'homme est doué en raison, plus son corps est vigoureux. L'athéisme, c'est une raison aveugle ou pour le moins borgne. Dieu ne cesse pas d'exister parce que l'homme le nie. La taupe nie le soleil. Elle n'a pas d'yeux. Le soleil en existe-t-il moins?

La prostitution, outre qu'elle fauche en herbe la moisson future, émascule les rares rejetons forts qui survivent. Elle s'en prend d'abord à l'âge mûr, puis à la jeunesse, puis à l'adolescence, puis enfin à l'enfance.

Et comme une seule prostituée suffit pour mettre sur la paille tout un bataillon de lutteurs, en moins de cinquante ans il n'y a plus d'hommes! Les uns ramollis, chauves et perclus traînent une misérable vieillesse à l'âge de quarante-cinq ans; les autres, vieillis dès l'adolescence, recourent à d'infâmes débauches hors nature; tous sont incapables de grandes résolutions, de grands efforts, *parce qu'on ne fait rien de grand sans une grande santé.*

La prostitution enlève le fils à la mère, l'époux à l'épouse, le père à sa fille. Elle détruit la famille, elle détruit la cité, elle détruit la patrie, elle détruit tout jusqu'au moment où elle se dévore elle-même, comme toute pourriture, par sa propre dissolution.

La prostitution de la femme appelle la prostitution de l'homme mais sous une autre face. Là où règne la prostitution de la femme surgit toujours la sodomie, qui à son tour appelle la *Girauderie.* Tous ces vices sont mortels, bien plus dangereux que la variole, le choléra et la peste. Une épidémie marque ses victimes et les enlève comme la hache du bûcheron marque et enlève l'arbre. Pourtant elle laisse assez de baliveaux pour réensemencer la forêt humaine de l'avenir. Mais les vices innaturels de la prostitution gangrènent tout, enlèvent tout, haute futaie, petits taillis, halliers, buissons, et jusqu'aux bruyères, jusqu'à la fougère.

Ce ne sont pas les canons qui ont fait fuir cent mille Américains devant mille Européens, c'est la prostitution. Les fils et les filles de l'Amérique, pourris de maladies, idiotisés par la débauche, n'avaient plus ni force, ni puissance, ni santé, ni volonté. Ce n'étaient plus des hommes, mais un troupeau de bipèdes.

C'était une guerre de mille *Civilisés* contre des centaines de mille de *Syphilisés*!

Tous les peuples renversés, soit par des étrangers, soit par des despotes nationaux, étaient ramollis et désarmés par la prostitution et la débauche. Telles les sept nations exterminées par les Hébreux. Moïse dit à ses jeunes guerriers : « Ils sont mille contre un, mais ne les craignez pas, ils sont vicieux. Ils sacrifient leurs fils à Moloch (Sodomie), et leurs filles à des déesses de la chair (lesbiennerie). Ils se prostituent. Ils ne connaissent ni la justice ni la vertu. Vous les vaincrez! » Et, en effet, ils furent vaincus, chassés de leur pays, exterminés!

Quand Alexandre vainquit Darius, un contre dix mille, la Perse était pourrie de polygamie, de polyandrie, de sodomie et de girauderie.

Avant que la Grèce devînt victime des trente tyrans et la proie de l'étranger, elle fut livrée pieds et poings liés à la prostitution. Témoins Aspasie, Laïs, Phryné, Alcibiade. Quand ces créatures, au lieu d'inspirer et de préoccuper le pouvoir, ne sont pas publiquement flagellées ou pendues haut et court, la liberté est au diable et le pays au premier chenapan venu.

Même phénomène à Rome : les Catilina, les Sempronia précèdent de quelques lustres les César, les Livie, les Tibère, les Néron, les Messaline et les Faustine.

Ni Virgile, ni Juvénal, ni Trajan, ni Marc-Aurèle ne peuvent plus rien pour sauver un pays pareil. Il est livré à l'esclavage national, à l'anarchie spirituelle, puis tôt ou tard foulé aux sabots d'un cheval étranger portant sur son dos un casque étayé par un homme. Jusqu'à la papauté qui a perdu toute sa force par la prostitution.

Quand les soi-disant barbares, valant tous mieux que les nouveaux chrétiens, ont envahi la Gaule, l'Italie, l'Espagne et l'Afrique, tous ces pays, qui, sans se défendre, se sont laissé prendre comme un troupeau de boucs et de chèvres, étaient minés par la prostitution.

Le christianisme a bien sanctifié le mariage, et c'est la seule institution qui l'a fait durer; mais ayant d'un côté exigé la chasteté absolue, et de l'autre ayant absous la prostituée, il n'a jamais pu donner un seul jour de paix, de liberté et de prospérité. Par ces doubles violations des lois de la nature, il a stérilisé les plus fortes femmes et a formellement encouragé la prostitution dans la noblesse, surtout dans les maisons royales et impériales. Jamais royauté ne fut plus dissolue que la royauté chrétienne. Jamais crapule ne fut plus sanglante que la crapule des chrétiens, depuis Constantin jusqu'à Louis XV. Au commencement du moyen âge, du temps de l'arianisme, le christianisme était en voie de se relever de cette peste ; mais bientôt toute ombre de raison fut bannie par la foi aveugle au despotisme romain, contraire à toutes les lois de la nature et de la raison. Dès lors, la prostitution envahit toutes les grandes familles chrétiennes jusqu'aux papes eux-mêmes. Dès lors, on ne trouve plus dans toute la chrétienté une seule nation jouissant d'une année de paix, d'un mois de liberté, d'une semaine de justice, d'un jour de prospérité ! Pour vivre, il fallait se cacher dans un tombeau appelé couvent ou se ranger derrière une bande de brigands appelés chevaliers. Le croirait-on ? le serf seul a conservé la vertu humaine. Les pays chrétiens ne se sont maintenus que par les vertus et la monagamie des serfs. D'eux on ne tolérait aucun vice; ils étaient pour ainsi dire les seuls reproducteurs de la race chrétienne, et ces reproducteurs ont, en quelque sorte, comblé les lacunes faites par la noblesse et le clergé.

Mais qui donc abolira la prostitution ? L'homme sera-t-il jamais assez juste, assez raisonnable pour ne pas abuser de sa force, pour assurer aux femmes tous leurs droits, pour se contenter d'une seule femme, pour comprendre que les forts ne doivent vivre que pour garantir, par des devoirs accomplis, les droits des faibles ? Y aura-t-il jamais une société d'hommes sacrifiant les plaisirs vifs et désordonnés de la jeunesse à la santé de l'âge mûr, à l'espoir d'arriver sains et vigoureux à une haute vieillesse ? L'homme sortira-t-il jamais de son état sauvage ? Se privera-t-il un jour du fruit à peine mûr pour ménager l'arbre, et ne préférera-t-il pas toujours arracher le dernier cep de vigne pour cueillir la dernière grappe de raisin ? En un mot, la prostitution peut-elle être abolie ? Une société peut-elle exister sans prostitution ? Je réponds :

Aucun progrès ne s'est établi dans l'histoire sans la ligue des victimes même contre leurs bourreaux.

Le Talmud contient à ce sujet un apologue admirable.

Un jour, un chariot chargé de haches traversa une forêt, et tous les arbres de trembler, disant : « Nous voilà perdus ; on va tous nous abattre !

« — Si vous êtes unis, répondit un vieux chêne, vous n'avez rien à craindre. Pour nous abattre, il leur faut des manches ; *c'est nous seuls qui les livrons.* Refusons-leur les manches, ils seront impuissants à nous faire du mal! »

Eh bien ! la femme est le manche de la hache de la prostitution. Aussi longtemps que toutes les femmes ne se ligueront pas pour refuser ces manches, elles seront abattues et livrées par l'avilissement à l'esclavage.

Aussi longtemps que les femmes divisées ne se ligueront pas afin d'empêcher une femme de se prostituer par toutes les voies légales et de coërcition sociale, elles n'entreront pas en jouissance de leurs droits naturels.

Au lieu donc de prêcher la sainteté de leurs droits, que pas un homme de bonne foi ne leur dénie sérieusement, elles ne doivent avant tout diriger leurs efforts que vers une ligue universelle des femmes de toutes les nations civilisées contre la haute et la basse prostitution de leur sexe.

De ce devoir à peine accompli jailliront naturellement et immanquablement tous les droits de la femme.

Admettons un instant cette loi universelle, au nom du ciment spirituel de la vertu.

L'Etat a le pouvoir de frapper d'indignité et d'anathème toute prostituée, où qu'elle monte, d'où qu'elle descende, et, à la dernière rigueur, de la retrancher de la société, soit en la mariant à un criminel transporté, soit en la condamnant à mourir de la mort la plus infâme. Je crois cette loi non-seulement très possible, mais indispensable. Il y a assez de femmes riches et honnêtes, assez d'hommes de bonne volonté pour préserver de la misère les pauvres jeunes filles du peuple, par le travail d'abord, puis par le mariage, car une fois la prostitution frappée de honte et de mort, les jeunes muscadins seront forcés de se marier pour de bon.

Le droit au mariage des jeunes filles sera la première conséquence du devoir accompli de la femme.

Ce serait une des plus grandes révolutions sociales ! Et ce n'est pas une utopie.

Voyons. Quinze jours après la proclamation de cette loi : *Il n'y a plus une seule femme prostituée en France,* qu'en résultera-t-il ?

Les jeunes gens seront forcés de se marier jeunes, ayant non des chevaux, mais des cheveux, et sans avoir jamais consulté un médecin. Pour pouvoir se marier jeune, il faut gagner sa vie à l'âge de vingt-trois ans, âge où finit la croissance. Ce serait un coup de mort pour le faux luxe de Paris, pour *ses appartements infanticides !* D'ailleurs, la prostitution extirpée, la vie de café rendue impossible, et les appartements de Paris perdront deux tiers de leur valeur. Le Paris fainéant, le Paris bohême, le Paris chenapan, le Paris croquant, le Paris gueux et pochard, ne vit que de la prostitution.

Vous demandez à travailler pour gagner votre vie. Moi, société, je m'engage à vous assurer du travail, mais pas précisément sur le boulevard des Italiens. Vous irez en Afrique, en Amérique, ou bien vous défricherez mes Landes. Mon devoir, à moi société, c'est de vous donner du travail ; mais votre devoir, à vous qui me devez tout, même la vie, est de l'accepter partout. *Il faut que la société vive avant l'individu.*

En aucun cas je ne vous permettrai de vivre de la débauche ni du vol. Votre corps m'appartient comme votre santé. C'est moi qui vous les ai donnés et c'est moi qui vous les prendrai, quand le bien de tous exigera ce sacrifice.

Dès lors, plus d'armées permanentes, une landwher nationale qui peut se marier et qui n'en défendra pas moins sa patrie, parce qu'elle a à défendre sa femme et ses enfants.

Plus de couvents de jeunes gens et de jeunes filles au dessous de cinquante et de quarante ans. Le premier devoir de la femme est d'être mère. Celui de l'homme est d'être père.

Plus de prêtres célibataires au-dessous de 60 ans. Ou le prêtre sera marié, ou nul ne sera admis à la prêtrise avant l'âge mûr.

La femme est électrice et éligible. Elle peut-être appelée à toutes les fonctions supérieures compatibles avec son sexe.

Ah ! me dira-t-on avec raison :

Les hommes qui jouissent en partie de leurs droits, ont-ils jamais rempli préalablement leurs devoirs ? Pourquoi donc exiger des femmes ce surcroît de vertu ? Pourquoi donc les exclure de leurs droits avant qu'elles aient pu remplir tous leurs devoirs ? D'où vient pour elles cette exception, cette exclusion, ce déni de justice ?

Ce n'est certes pas moi qui m'opposerai à la proclamation et à la consécration de ces droits.

Mais voici l'abîme qui sépare le droit sans devoir de la femme du droit sans devoir de l'homme.

Car, outre la solidarité de tous les êtres, il y a une solidarité intime et restreinte des espèces et des sexes. Les femmes ne seront pas autres que les hommes. Comme les hommes, elles abuseront de leurs droits sans faire leurs devoirs. Les hommes n'ont fait et ne font que cela depuis six mille ans.

Toute la vie humaine pivote sur la maîtresse passion de l'amour. Toutes les autres passions ne sont que les satellites de la passion planète de l'amour.

Tout ce que l'homme désire et fait, fortune, santé, pouvoir, gloire, pivote autour de l'amour pour la femme.

Tous ces bonheurs, tous ces malheurs sortent de l'amour : « quelque grand que soit un homme, a dit Goëthe, où qu'il monte, il ne va pas plus haut, ni plus loin qu'à l'amour de la femme et de l'enfant qu'il espère en avoir. »

De même la femme pour l'homme.

Il n'est pas de livre, ni de causerie, ni de réunion qui intéresse sans aboutir à l'amour. L'amour, à son tour, centre et foyer, diverge par ses rayons à toutes les passions de la vie.

Toutes les maladies viennent des violations de la loi naturelle de l'amour. De même tous les maux sociaux, tels que despotisme, esclavage, luxe et pauvreté, guerre et misère !

Or, voici l'abîme qui sépare les deux sexes, en tant que violateurs de leurs devoirs et abuseurs de leurs droits. Les hommes sont, je l'ai déjà signalé, il faut que je le répète, limités dans la nature, dans les excès et dans la violation de la loi, qui veut que l'amour ne soit que le bonheur attaché à la conception de l'enfant. Si forts, si jeunes, si extravagants qu'ils soient, l'expiation suit de près l'excès et les force de s'arrêter dans la voie du mal. Voilà six mille ans que les hommes violent toutes les lois de l'amour. L'humanité, certes, en souffre. Elle n'est pas heureuse. Elle en est dévoyée. Les forts, au lieu de vivre pour les faibles, les sacrifient à leurs passions, véritables séides de l'amour déréglé. Mais malgré ces vices et ces crimes, le monde marche toujours, tant bien que mal, plutôt mal que bien, mais il marche. Il y a toujours des mères et des enfants. Beaucoup d'hommes meurent avant l'âge voulu, mais par leurs excès ils ne tuent qu'eux. Jeunes, ils ne sont pas stériles et ils peuvent engendrer. Souvent, corrigés par les avertissements de la nature violée, ils retournent à ses lois et vivent d'après les préceptes de la continence, sous peine de périr.

En est-il de même de la femme ?

Que toutes les femmes aient le pouvoir] d'abuser de leurs droits d'amour sans remplir préalablement les devoirs d'épouse et de mère.

En moins d'un demi-siècle, il n'y aura plus ni hommes, ni femmes, ni animaux, ni végétaux, ni aucune société. La terre elle-même s'écroulerait.

Car la femme est illimitée dans la violation de sa loi d'amour.

Par le pouvoir de se prostituer, non-seulement les femmes deviendraient stériles en moins de dix ans, mais dans l'espace de vingt années tous les hommes valides seraient émasculés avant l'âge viril et rendus incapables d'engendrer un enfant.

En un demi-siècle, la population aura diminué de la moitié. Avant cent ans révolus, il n'y aura plus d'enfants.

Plus rien. Une société de catins et de crétins!

La France, seul pays où fleurit la cocotterie, est sur cette pente. Que je sois mauvais prophète! Encore vingt années de cette vie de droits sans devoirs et si l'envie vient aux barbares du Nord d'abreuver leurs chevaux aux flots de la Garonne, ni les entraîneurs du turf, ni ceux de la sacristie, ni ceux de la démagogie ne les en empêcheront!

DÉCRET

AU NOM DE LA LOI DE DIEU, DE LA RÉPUBLIQUE ET DE LA RAISON,

Le devoir de la femme étant avant tout de conserver sa vertu, d'être épouse et mère, avant de songer à ses droits,

La prostitution, sous n'importe quelle forme et quel nom, est abolie et punie comme un crime social.

Toute fille ou femme, quel que soit son rang, qui se prostitue; toute fille ou femme entretenant la prostitution, est déclarée hors la loi. Elle perd tous ses droits de personnalité humaine et sociale. Elle sera d'abord expulsée de toute société habitée par d'honnêtes gens. Elle sera condamnée au travail forcé. S'il y a récidive, elle sera transportée et mariée à un criminel. En cas de persistance dans le mal, elle doit être retranchée de la société et condamnée à mort.

Tout complice de prostituée, s'il est majeur, perd par cela même tous ses droits de citoyen. Son nom sera proclamé dans le *Livre de la Honte*. S'il est mineur, il sera détenu dans une maison de correction jusqu'à l'âge de la majorité.

Tout homme, âgé de vingt-cinq ans et resté célibataire, ne pourra exercer aucune fonction ni publique ni civique. Il ne pourra être ni avocat, ni médecin, ni journaliste, ni conseiller municipal, ni juge. Il ne pourra pas porter témoignage en justice.

C'est un frelon. C'est un ennemi de son pays et de la société. Il vit aux dépens de son prochain. Il vole, il corrompt la femme, la fille, la sœur d'un autre. Il jouit de tous ses droits sans accomplir le premier de ses devoirs.

Si cet homme a de la fortune, l'État a le devoir de le frapper d'un impôt particulier et excessif, en dehors de la privation de ses droits de citoyen.

Aucun couvent ne pourra recevoir un homme au-dessous de l'âge de cinquante ans, ni une femme au-dessous de quarante ans.

Aucun prêtre, veuf ou non marié, au-dessous de cinquante ans, ne sera admis à officier comme tel.

La recherche de la paternité est non-seulement admise, mais ordonnée d'office.

Le divorce est rétabli, mais seulement pour adultère.

Tout meurtre en flagrant délit sera considéré comme un assassinat et puni de mort.

Tout conjoint, après avoir convaincu son époux ou son épouse d'adultère, peut exiger le divorce.

La femme divorcée pour adultère perd le bénéfice de sa dot. Ses enfants lui sont retirés.

Même dans le cas où le mari a été convaincu du même crime, la femme perd tous ses avantages dès qu'elle s'est rendue coupable elle-même.

Une femme divorcée ne peut plus se remarier qu'une fois.

Si son complice est un célibataire, ce dernier sera forcé de l'épouser. En cas de refus, il sera frappé d'une forte amende et de mort civile.

Si c'est un homme marié, non-seulement il perd ses droits sur sa femme et ses enfants, non-seulement il perd ses droits de citoyen, mais il doit être condamné à une forte indemnité envers le mari trompé et ses enfants. Cette indemnité peut être élevée jusqu'aux deux tiers de la fortune du délinquant.

Nul homme divorcé ne peut être nommé à une fonction publique, si le divorce a été prononcé contre lui pour adultère et non pour adultère de sa femme.

Tout jeune homme convaincu d'avoir séduit une vierge sera forcé de l'épouser sans pouvoir jamais divorcer.

Si lui ou la victime refuse le mariage, il faut qu'il pourvoie à l'éducation et à l'alimentation de l'enfant jusqu'à l'âge de dix-huit ans. Un tiers de sa fortune ou de son salaire lui sera retenu pour l'entretien de la fille séduite. S'il refuse, on lui imposera le travail forcé.

Tout homme, toute femme coupables d'amour contre nature, de sodomie ou de girauderie, seront condamnés à la transportation et au travail forcé.

En cas de récidive, ils seront pendus par la main du bourreau et exposés.

Il sera créé un tribunal spécial instruisant exclusivement les cas de séduction, d'adultère et de prostitution, avant de les déférer au jury. Le huis-clos ne sera pas admis. Les noms des condamnés seront publiés dans *le Livre de la Honte*, affiché dans toutes les communes.

Les enfants peuvent être déshérités par leurs pères et mères. Il faut que la mère donne son consentement. S'il n'y a plus que le père ou la mère, un enfant peut être déshérité, à condition que le père ou la mère défère le cas aux trois plus âgés membres du conseil municipal et qu'ils y consentent.

Tout acte de déshérence doit être publié et enregistré officiellement, sous peine d'être considéré comme nul et non avenu, fût-il notarié.

Paris.—Imp. Alcan-Lévy rue de Lafayette, 61.

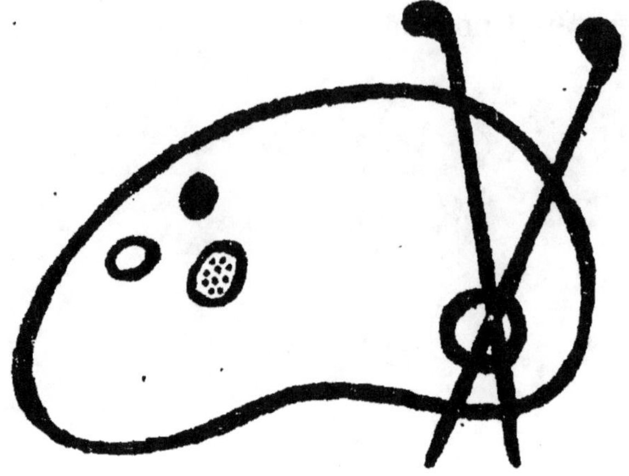

www.ingramcontent.com/pod-product-compliance
Lightning Source LLC
LaVergne TN
LVHW010316030726
842520LV00004B/1118